저세상 오디션

저세상 오디션

박현숙
장편소설

특별한서재

차례

당신들은 이 길을 지나갈 수 없습니다

수시로 천둥이 쳤다. 마른천둥이었다.

세상이 깨질 듯한 천둥 뒤로는 비를 머금은 바람만 불 뿐, 정작 비는 오지 않았다.

"왜 못 지나가게 해요? 왜, 왜, 왜, 왜?"

검은 안경테의 아저씨가 삿대질을 하며 따졌다. 광대뼈가 튀어나온 뺨에 움푹 들어간 눈, 파리한 얼굴에는 피곤한 기색이 역력했다.

"기다리라고!"

길을 막아선 남자는 표정 하나 변하지 않고 같은 말을 반복했다.

"거참, 언제 봤다고 반말이오? 그저 오나가나 남을 무시하며 반말하는 인간들은 꼭 있다니까."

검은 안경테 아저씨가 발끈했다.

멀리 보이는 산 중턱에는 구름이 유유히 흐르고 있었다. 가끔 구름을 뚫고 무지개가 떠오르곤 했는데 그 모습이 평화로워 보였다.

"빨리 가서 편히 쉬고 싶어."

사람들은 길을 걷다 한 번씩 저곳을 바라보며 이렇게 중얼거렸다. 끝내는 도착해야 할 곳, 도착해서 쉴 곳, 그곳이 저 산임을 길을 걷던 사람들은 믿어 의심치 않았다.

"저기가 도착해야 할 곳인지 어떻게 알아요?"

나는 길을 걸으며 검은 안경테 아저씨한테 한 번 물었다.

"어떻게 알긴, 느낌이지. 야, 학생, 너 연어 몰라? 부화한 지 며칠 지나지 않아 먼바다로 떠났다가 때가 되면 태어난 곳으로 돌아가는 연어 말이야. 새끼 연어가 고향을 떠나올 때 주소를 외우고 떠났겠니? 그 이치랑 같은 거라고 볼 수 있지."

연어까지 들먹이는 걸 보면 외모와는 다르게 꽤 유식한 듯했다. 그래서 나 역시 저곳이 도착지라고 믿게 되었다.

그런데 넓었던 길이 한순간 좁아지는 구간에 웬 남자가 길을 막고 서 있었다. 남자는 길을 지나갈 수 없다고 말했다. 몇 날 며칠을 걸었는지 모르지만 다들 지쳐 있었고, 도착지라고 믿는 산과의 거리는 훨씬 가까워져 있었다. 고지가 바로 앞이면 마음은 급해진다. 모두들 분노했다. 길을 터달라고 화를 냈다.

"아주 지나갈 수 없다는 게 아니라 절차를 밟고 지나가야 한다는 말이지. 좀 기다리라고."

남자는 일관성 있었다. 똑같은 말, 똑같은 표정. 더 이상 말해봤자 소용없다는 걸 알았는지 사람들은 길 바닥에 아무렇게나 자리를 잡고 앉았다. 나는 나도희의 팔을 잡고 가장 구석진 곳에 앉았다. 나도희도 지칠 대로 지쳐 있었다. 길을 걷는 내내 기운을 차리지 못하고 내게 기대서 걸었다.

얼마의 시간이 흘렀을까? 산은 안개에 덮여 더 이상 보이지 않았다.

"뭣 좀 물어봅시다."

정장을 입은 오십 대로 보이는 아저씨가 길을 막고 선 남자에게 다가갔다.

"보시다시피 우리는 모두 지쳐 있어요. 얼마의 시간을 걸어왔는지 가늠할 수 없고, 어느 정도의 거리를 걸었는지조차 알 수 없을 정도로 지치도록 걸었어요. 거기다 여긴 날씨도 너무 춥군요. 우리가 얼마나 기다려야 하는지 시간이라도 말해주시오. 알고 기다려야 하지 않겠습니까? 무턱대고 기다리라고 하는 '무경우'가 어디 있습니까?"

"옳소. 무경우 맞지. 하다못해 식당에 가도 손님이 밀려 있으면 번호표를 뽑고 기다리는데 말이야. 시간은 금이라는 말도 모르나? 남의 금쪽같은 시간을 이런 식으로 뺏으면 곤란하지."

검은 안경테 아저씨가 맞장구쳤다.

"당신들은 당신들에게 주어진 시간을 버린 무책임한 사람들이야. 무경우보다 더 무서운 게 뭔지 아나?

무책임이지."

길을 막은 남자가 코웃음을 쳤다.

"그게 무슨 말이오?"

정장을 입은 아저씨가 물었다.

"무슨 말이기는, 말 그대로지. 당신들은 당신들에게 주어진 그 귀하디귀한 시간을 헌신짝 내팽개치듯 버린 사람들이란 말이야. 그런데 시간 타령을 하다니. 당신들은 '시간'이라는 말을 입에 올릴 자격 없어."

길을 막은 남자의 눈빛이 섬뜩했다.

그때였다.

산을 가로막았던 안개가 걷히자 무지개가 찬란한 산이 모습을 드러냈다. 그리고 산 아래에서 이쪽으로 펼쳐진 길을 따라 누군가 걸어오고 있었다. 천천히 드러나는 모습은 검은 도포를 입은 건장한 체구의 남자였다.

쿵쿵.

발자국 소리로 땅이 울렸다. 길을 막은 남자가 일어나서 두 손을 모으고 허리를 숙였다.

"마천, 생각보다 일찍 오셨군요."

길을 막아선 남자가 공손하게 말했다.

"인원은 맞나?"

"예. 올해 6월 12일 광오시에서 스스로 죽음을 선택한 열세 명입니다. 확인해보시지요. 여기."

길을 막아선 사비라는 남자가 낡은 공책 한 권을 펼쳐 마천에게 내밀었다.

"지금부터 이름을 부를 테니 자기 이름이 불리면 대답하도록."

"아니, 여기 사람들은 왜 입만 열면 반말이야. 예의가 없는 건지, 사람 무시하는 게 몸에 밴 건지 알 수가 없네. 대체 언제 봤다고 반말이람. 혀들이 짧으신가, 아님 싸라기밥만 드시나."

검은 안경테 아저씨가 퉁명스럽게 말했다.

"반말이 기분 나쁜가? 나는 지금 너희들의 배신에도 두 눈 질끈 감고 어떻게 해서든지 도와주고자 애쓰고 있으니 반말이니 뭐니 별거 아닌 거로 트집 잡지 마라."

마천의 목소리에서는 찬바람이 불었다.

"듣다 보니 좀 그래서 한마디 하겠습니다. 나는 댁을 단 한 번도 본 적이 없습니다. 단 한 번도 본 적이 없는 사람을 무슨 수로 배신한다는 말입니까? 혹시 사람을 잘못 본 것은 아닌지요."

정장을 입은 아저씨가 말했다. 부드러워 보이는 표정이며 말투가 꽤 점잖은 사람 같았다.

"나를 한 번도 본 적이 없다고? 세상으로 나갈 때 너희들은 기억을 모두 잘라내고 나갔으니 생각이 안 날 뿐이다. 너희들이 수억 분의 일이라는 어마어마한 경쟁률을 뚫고 세상에 나갈 수 있었던 것은 다 내 덕이다. 나는 수많은 영혼 중에서 일부 영혼을 선별하여 세상으로 내보내는 일을 하지. 그리고 그 영혼들을 이모저모 살펴서 세상에서 살고 올 시간을 정하는 일도 한다. 그 작업은 뼈를 깎아내고 살을 도려내는 듯한 고통이 따르는 작업이다. 자신들도 보내달라고 애원하며 매달리는 탈락한 영혼들을 보는 일은 그야말로 눈물겨운 고통이지. 치열한 경쟁을 뚫고 세상으로 나가는 행운을 얻게 된 영혼들에게는 꼭 지켜야 할 규율이 있다. 바로 정해진 시간을 꽉 채우고 돌아오는 거다. 그걸 지키지 않는 것은 내 고통에 대한 배신이며, 선별에서 뒤로 밀린 수많은 영혼에 대한 크나큰 배신이기도 하다."

"뭔 소리인지 하나도 알아들을 수가 없네. 뭔 자다가 남의 허벅지 긁는 소리야?"

검은 안경테 아저씨가 중얼거렸다.

"죽은 자들이 가고자 하는 도착지는 바로 저기다."

마천이 무지개가 너울거리는 산을 가리켰다.

"그러니까 어서 지나가게 해주시오. 왜 이렇게 뜸을 들이는지, 원. 절차니 뭐니 하는 게 혹시 돈에 관련된 것이오? 그렇다면 마음 비우시는 편이 좋지 않을까요? 여기 있는 사람들 다 빈손이오. 기껏해야 입고 있는 옷과 시계, 반지 정도요."

"이곳에서는 돈이 필요치 않으니 그런 오해는 하지 말도록. 이곳에서는 돈으로 살 수 있는 것이 아무것도 없다. 살던 세상을 떠난 사람들은 모두 저기 저 산 주변으로 모여들지. 그리고 심판을 받는다."

"심판이라고요?"

정장을 입은 남자가 이맛살을 찡그렸다.

"세상에서 주어진 시간을 어떻게 살았는지에 대해 심판을 하지. 그것은 정해진 시간을 모두 살고 온 사람이나 그 시간을 채우지 못하고 스스로 죽음을 선택해서 오게 된 사람이나 모두 똑같다. 시간을 꽉 채우고 돌아오는 사람들은 이 길 대신 이 세상과 저세상의 중간에 놓인 강을 건너지. 하지만 자신에게 주어진 시간을 차버리고 배신한 사람들은 이 길로 오게 된다. 이 길로 온 사람들은 무조건 저곳으로 갈 수는 없다. 심판을 받는 곳까지도 쉽게 갈 수 없다는 말이다. 스스로 죽음을 선택한 사람들이 저곳에 가는 것은 낙타가 바늘구멍을 통과하는 것만큼 힘들다. 반발하지 마라, 따지지도 마라. 자신의 잘못에 대한 대가를 지불하는 일은 이 세상이나 저세상이나 다 똑같으니. 일단 명단을 확인하도록 하자. 이름을 부르면 대답하도록. 먼저 도진도."

마천이 이름을 부르자 정장을 입은 아저씨가 손을 들었다.

"도진도, 현재 오십일 세. 사십 년의 시간이 남았군. 다음은 황명식."

검은 안경테 아저씨가 손을 들었다.

"황명식, 현재 사십구 세. 이십팔 년의 시간이 남았군. 다음은 나일호."

나는 손을 번쩍 들었다.

"나일호, 현재 나이 열여섯 살……."

"저기, 죄송한데요."

나는 마천의 말을 중간에 자르며 손을 들었다. 아무래도 아닌 것은 아니라고 처음부터 밝히는 게 나을 거 같았다.

"자꾸 스스로 죽음을 선택한 사람들, 스스로 죽음을 선택한 사람들 하시는데 저는 아닌데요. 저는 저 스스로 죽음을 선택한 적 없어요."

"나일호. 현재 십육 세. 남은 시간 오십팔 년."

마천은 내 말을 못 들은 척 할 말을 이어갔다.

"저는 아니라니까요."

"그럼 네가 왜 여기에 있는 걸까? 너에게는 오십팔 년이라는 시간이 남아 있다. 스스로 죽음을 선택하지 않았더라면 결코 여기에 있을 수가 없지. 우리 쓸데없는 말은 하지 말도록 하자."

마천은 고개를 절레절레 저었다. 사람이 말을 하면 듣는 척이라도 하면서 그럼 왜 여기에 오게 되었는지 같이 머리를 맞대고 의논해주지는 못할망정 쓸데없는 말이라니. 사람을 완전히 무시하고 있다.

"왜 사람 말을 못 믿으세요. 아, 맞아요. 얘가 증인이에요. 내가 죽은 건 얘 때문이거든요."

나는 나도희를 가리켰다. 하지만 나도희는 증인이고 뭐고 나설 처지가 아니었다. 제 몸 하나도 못 가눈 채 눈을 게슴츠레 뜨고 멍하니 앉아 있었다.

"그 아이는 할 말이 없어 보이는구나. 다음은……."

마천은 한 명 한 명 꼼꼼히 확인했다. 중간에 끼어들어 한마디 더 하고 싶었지만, 사비가 쏘아보는 바람에 그럴 수 없었다.

나는 열여섯 살이 되도록 살면서 단 한 번도 죽음에 대해 생각해본 적이 없었다. 아니, 생각할 겨를도 없었다. 나는 나름대로 살아갈 계획을 세웠는데, 그 계획은 간단했다. 하지만 간단한 것 같으면서도 계획을 실행하는 일은 항상 분주해서 다른 생각을 할 시간이 없을 정도였다.

'하루하루 별일 없이 지나가기.'

이게 바로 내 계획이었다.

그깟 하루하루 살아내는 게 뭐 그리 대수냐고 질문할 수도 있다. 하지만 나에게 있어서 하루하루 별일 없이 살아내는 것은 아주 어려운 문제였다.

내게는 징크스가 있다. 언제부터 시작된 징크스인지는 모르지만, 그 징크스는 내 생활을 점령했다.

나에게 아침은 중요했다. 하루를 좌지우지하기 때문이다. 아침에 재수가 없으면 하루 종일 재수가 없었다. 그건 수학 공식과 같이 정확했고 한 번도 비껴가지 않았다.

아침에 조금이라도 기분에 거슬리는 일이 생기는 날에는 하루 종일 살얼음판을 딛는 기분이었다. 그래서 되도록 아침에 기분 나쁜 일이 없게 조심하고 또 조심하려고 하는데, 그건 마음대로 되는 게 아니었다.

나는 아침밥을 잘 먹지 않는다. 엄마도 그걸 당연하게 생각해서 그 문제로 잔소리하지는 않는데, 이상하게 가끔 아침밥 안 먹는 걸 걸고넘어질 때가 있다. 그러면 나도 모르게 엄마와 언쟁을 하게 된다. 신기하게도 '오늘 아침에는 별일이 없구나' 하고 안심할 때 그런 일이 일어난다.

또 나는 동생 일주와 친하지 않다. 특별한 일이 없으면 한 달 동안 한 마디도 하지 않고 지내기도 한다. 우린 남매이기는 하나 서로에 대해 아는 게 별로 없다. 집 안에서 마주치면 못 본 척 지나가고, 그러다 살짝 스치기라도 하면 서로 잡아먹을 듯 노려본다. 절대 말은 안 한다. 그런데 가끔 일주가 공연히 시비를 걸어올 때가 있다. 치약을 왜 중간부터 눌러봤느냐는 말도 안 되는 일들로 말이다. 이것 역시 신기하게도 '오늘 아침은 잘 지나가는구나' 하고 안심할 때 일주가 시비를 건다.

언제부터 시작되었는지 모를 이 징크스만 없다면, 삶이 비교적 편안하고 한가했을 거다. 그러나 불만은 없다. 나는 스스로가 특별히 잘난 게 없다는 걸 잘 알고 있었고, 잘나지 못한 내가 그저 편안하기만 하면 어쩐지 삶을 방치하는 무책임한 방관자로 느껴질 것 같았기 때문이다. 그렇게 나를 괴롭히는 징크스가 아이러니하게도 나를 지탱하는 원동력이 되었다.

6월 12일, 그날도 그랬다.

아침에 일주가 시비를 걸었다. 왜 변기에 오줌을 누고 물을 안 내리느냐면서, 더러워서 같은 집에서 살 수가 없다고 했다. 나는 아침에 일어난 후 그 시간까지 화장실에 간 적이 없었다. 그 사실을 말해도 일주는 믿지 않고 내 오줌이라고 뒤집어씌웠다. 변기 안에 있는 오줌에 이름이 쓰인 것도 아니니, 미치고 팔딱 뛸 노릇이었다.

누가 범인인지 알 수 없는 상태에서 일주는 가족인 게 수치라느니 어쩌느니 떠들어대며 학교에 갔고, 나도 집을 나왔다. 오늘은 진짜 조심해야겠다고 생각하는데 하도 어이가 없고 분해서인지 담배 생각이 간절했다. 아직 흡연에 있어서는 신생아 수준이었기 때문에 간절하게 원해서 피우는 일이 별로 없었는데도 그날 아침은 담배 생각이 너무나도 간절했다. 생각해 보면 열여섯 살이나 되는 놈이 오줌과 연관된 누명을 쓰게 되어서 자존심이 상했던 것 같다.

아파트 뒤쪽 후미진 곳에서 담배를 꺼내들었다. 지나가는 사람들 눈에 띌까 봐 초조해하며 딱 세 모금만 깊게 빨아들이고 끝내자 마음먹었다. 그리고 막 세 모금째 빨아들이는 찰나, 누군가 내 어깨를 턱 쳤다.

"교복 입고 이러고 싶냐? 그것도 동네에서?"

목소리가 낯설지 않았다.

"한심한 놈. 이러면서 뜨신 밥이 목구멍으로 넘어가냐?"

어깨를 쳤던 손이 등을 내리쳤다. 눈알이 튀어나올 정도로 엄청난 충격이었다.

"아, 씨발, 남이야."

획 돌아봤을 때 거기에 아빠가 있었다.

새벽에 출근한다고 나간 아빠가 왜 그 시간에 거기 나타났는지는 잘 모르겠지만, 그런 것까지 생각할 겨를도 없이 뒤도 안 돌아보고 도망쳤다. 점심때는 더 기막힌 일이 일어났다. 집에 가서 아빠한테 당할 일을 생각하니 밥맛이고 입맛이고 다 떨어져 밥이 그득한 식판을 앞에 놓고 멍하니 앉아 있을 때였다. 식판을 들고 줄레줄레 지나가던 오정도가 갑자기 내 앞에서 고꾸라졌다. 사방으로 튀는 밥과 반찬을 멍하니 보며 저놈이 왜 저러나, 다리에 저렇게 힘이 없어서 뭐에 쓰나 생각하고 있는데 갑자기 담임이 소리를 빽 질렀다.

"나일호, 너 왜 그래?"

"예? 뭘요?"

"왜 아무 말 없이 지나가는 아이 다리를 걸어?"

그 말에 하도 어이가 없어서 허공을 향해 "씨발……" 하며 헛웃음을 날렸다. 그러는 바람에 오정도 다리를 걸어 넘어뜨린 것도 모자라 담임 말에 욕지거리하며 달려든 천하의 싸가지 없는 아이로 몰렸다. 죄도 없는 사람에게 죄를 뒤집어씌운 담임보다 더 미운 건 오정도였다. 다리를 걸었는지 안 걸었는지 제일 잘 아는 사람은 나와 오정도다. 오정도가 "아닙니다, 제 다리가 부실해서 혼자 넘어졌습니다" 하고 양심껏 고백하면 그걸로 끝날 일이었다. 그런데 오정도는 입을 다물었다.

아침에 이어 점심까지 재수가 없는 걸 봐서 저녁에도 조심해야겠다는 생각이 들었다. 절대 말대꾸하지 말자, 아빠가 뭐라고 하든 '잘못했습니다, 죽여주세요' 이런 자세로 일관하기로 마음먹고 집으로 돌아오는 길이었다.

시장 뒷길을 지나 집으로 가는 지름길로 들어설 때였다. 뒷골목의 허름한 건물이 눈에 들어왔다. 낡은 간판과 빛바랜 페인트가 쳐다보기만 해도 안쓰럽고 불쌍한 마음이 들 정도의 건물이었다. 지금은 사람들의 발길이 뜸해진 저 건물 3층에는 한때 죽치고 살았던 피시방이 있었고, 지하에는 또 한때 죽자 사자 찾아다니던 노래방도 있었다. 기억을 더듬으며 건물을 훑어보는데 옥상에 웬 아이가 서 있었다. 긴 머리와 스커트를 바람에 맡긴 채 먼 하늘을 바라보고 있었다. 흰 바탕에 검은 하트가 촘촘히 박힌 스커트가 바람 따라 흔들릴 때마다 아이의 몸도 휘청거렸다. 아이의 얼굴을 뚫어져라 보는 순간 깜짝 놀랐다. 나도희였다. '쟤가 미쳤나, 왜 저기서 저러고 있담, 저러다 떨어지면 어쩌려고……' 하면서 눈을 돌리는데 뭔가 둔탁한 것이 뒤통수를 내리쳤다. 혹시 죽으려고 그러는 거 아니야? 충격에 정신이 번쩍 들었다. 나는 반사적으로 건물을 향해 달렸고 계단을 거의 날다시피 하며 단숨에 옥상으로 올라갔다.

옥상 문을 발칵 열었을 때 나도희는 옥상 난간 위로 올라가고 있었다.

"안 돼!"

나는 바람처럼 나도희를 향해 돌진해 와락 껴안았다.

죽은 사람한테 오디션을 보라니!

"궁금한 게 있는데요."

나는 손을 들었다.

"진짜 억울해서 그러는데요. 저는 스스로 죽음을 선택하지 않았어요. 그건 이 아이가 잘 알고 있는데 지금은 말할 처지가 아닌 것 같고, 나중에 이 아이가 증인이 되어 사실이 밝혀지면 저는 어떻게 되는 건가요?"

"어떻게 되긴 뭘 어떻게 돼? 여기까지 온 이상 별수 있어? 우리랑 같이 가야지. 죽었는데 살아날 방도는 없지 않겠니?"

검은 안경테의 황명식 아저씨가 끼어들었다.

"살아나고 싶어서 그런 건 아니고요. 억울한 게 싫어서 그런 거예요. 제가 살면서 진짜 억울한 일을 많이 당했거든요. 그런데 죽는 것조차도 억울하면 어쩐지 제가 너무 불쌍하다는 생각이 문득 들어서요."

나만큼 억울한 일을 많이 당하면서 살았던 사람이 있으면 나와보라고 해라. 하다 하다 변기 속에 이름도 없는 오줌이 내 오줌이라는 말까지 듣고 살았을까. 털끝 하나 건드리지 않았는데 지나가는 놈 다리를 걸었다는 말을 듣는 게 바로 나다. 옆에 다른 아이들도 앉아 있었는데 담임은 굳이 내 이름을 불렀다. 그런데 죽는 일까지도 오해받으면 진짜 억울할 것 같았다.

마천은 내 말을 귀담아듣지 않았다. 달밤에 어느 집 개가 짖나, 이런 표정으로 딴짓을 하고 있었다.

"저는 얘가 죽을 때 엉겁결에 따라 죽은 거 같거든요. 이 아이를 구하려다 떨어진 거라고요. 제가 뭐 아저씨, 아니, 할아버지, 아니지, 마천님을 귀찮게 하려고 그러는 건 아니고요. 아닌 건 아니라고 말씀드려야 할 거 같아서요."

"그 아이를 구하려다 죽었다고? 어디서?"

"옥상에서요."

마천이 내 앞으로 바짝 다가오더니 얼굴을 가까이 들이밀었다. 그러자 차가운 기운이 확 끼쳤다. 나는 주춤거리며 두어 걸음 물러났다.

"여태 그런 오류는 없었다. 그러니 너는 억울할 거 없다."

"예?"

"지금까지 그런 오류는 없었다고. 그러니 너는 억울할 거 없다고."

진짜 사람 환장할 노릇이었다. 내가 아니라는데, 당사자인 내가 스스로 목숨을 포기한 적이 없다는데 왜 믿지 못하는 거람. 귀를 틀어막은 듯 앞뒤 꽉 막힌 마천의 멱살을 잡고 흔들고 싶은 걸 간신히 참았다.

"어떤 절차인지 이왕 할 거면 빨리 해요. 학생, 너는 좀 가만히 있어라. 뭔 말이 그렇게 많냐? 여기에 올 만하니까 온 거겠지. 공연히 왔겠니? 오류는 없었다잖아. 없었다는데 태클 좀 그만 걸어라. 어서 빨리 반말 찍찍 해대는 저 사람들에게서 벗어나자. 어떤 절차인지 빨리 시작합시다."

황명식 아저씨가 코밑으로 흘러내리는 검은 안경테를 추켜올리며 말했다. 민소매 셔츠 밖으로 드러난 이두박근이 놀라울 정도로 발달해 있었다. 나는 흘끗 황명식 아저씨 얼굴을 바라봤다. 운동선수였나?

"좀 전에도 말했다시피 이 길을 통과하는 건 낙타가 바늘구멍을 지나가는 것과 같다. 절차가 아주 까다롭지."

"하기 전에 겁부터 잔뜩 주는군. 낙타가 무슨 수로 바늘구멍을 통과하나? 아무튼 그렇게 절차가 까다롭다고 하니, 만에 하나 이 길을 지나가지 못하면 어쩐단 말이오? 도로 살던 세상으로 보내는 거요?"

황명식 아저씨가 마천 말을 싹둑 자르며 물었다.

"꿈도 야무지다. 그런 일은 절대 일어나지 않는다. 너희들이 살던 세상의 시간을 되돌릴 수는 없는 법. 돌아갈 수 없다. 이 길을 지나가지 못한 자는 이곳에서 떠돌며 살아야 한다. 이곳은 너희들이 살던 세상과 저기 저세상의 중간 세상이지. 떠돌며 살다 보면 또 이 길을 지나는 기회를 얻을 수도 있지. 하지만 기회를 얻는다고 해서 다 선택받지는 못하는 법. 수천 년을 떠도는 영혼이 아직도 숱하다. 그 영혼들이 겪어야 하는 고통이 어떤 건지 알기에 그냥 모른 척 있을 수가 없어 나는 너희들을 도와주려고 한다. 그러나 여기 열세 명 중에서 이 길을 지나갈 수 있는 자가 있을지 없을지는 나도 모른다. 열셋이 다 지나갈 수도 있고, 단 한 명도 지나가지 못할 수도 있다. 이 길은 오디션 합격자에 한해서 지나갈 수 있다. 그것이 절차다."

"뭐요? 오디션이요? 아이고야, 아무리 오디션이 유행이라고 하지만 죽은 자들을 모아놓고 오디션을 봐요? 참 나, 원. 별소리 다 들어보겠네. 죽은 사람이 춤을 출까? 노래를 부를까? 뭐가 좋아서 춤추고 노래를 하겠수? 춤추고 노래 부를 정도로 편한 팔자였으면 여기에 오지도 않았수."

황명식 아저씨가 기가 찬다는 듯 말했다.

"그게 절차고, 그 절차를 밟아서 합격해야만 이 길을 지나갈 수 있다."

마천이 단호하게 말했다.

"잠깐만요."

한쪽 구석에서 잠자코 서 있던 남자가 손을 들었다. 열세 명 중에 가장 눈에 띄는 남자였다. 벨트며 운동화 그리고 셔츠에 바지까지 모조리 명품으로 휘감은 남자였다. 게다가 피부과에서 관리를 지속적으로 받았는지 촉촉한 피부에는 잡티 하나 없었다. 아까 마천이 이름을 부를 때 언뜻 들었는데 기억이 잘 나지 않았다.

“오디션을 꼭 봐야 한다면 봐야지요. 절차를 밟아야 한다면 밟는 게 맞는 거잖아요? 꼭 신날 때만 춤추고 노래하나요? 한국의 노래인 판소리는 한을 토해내잖아요. 나는 오디션 보는 거 찬성입니다. 낯선 절차보다는 훨씬 유리하니까요. 요즘 오디션이 아주 대유행이잖아요. 트로트에 랩에 락 그리고 발라드까지, 텔레비전만 켜면 날이면 날마다 열리는 게 오디션인데 그 유행이 여기까지 퍼졌군요. 유행의 힘은 대단해요, 대단해. 노래로 오디션 보는 거 맞지요? 장르는요? 트로트입니까? 아니면 발라드? 랩? 록? 뭐로 해야 해요?”

명품으로 휘감은 남자가 어깨를 으쓱 올리며 물었다. 얼굴에 자신감이 줄줄 흘렀다.

“심사위원이 눈물을 흘리면 오디션에 합격하는 거다.”

마천이 대답했다.

“그러니까 심사위원을 노래로 울리면 되는 거냐, 어떤 노래로 울려야 하는 거냐, 이걸 묻는 거지요.”

명품을 휘감은 남자가 다시 물었다.

“심사위원이 눈물을 흘리면 합격이다.”

"아, 답답해라. 그러니까 제 질문은 말이에요. 뭐를 해서 심사위원을 울리느냐! 이 말이에요."

"무엇을 하든 심사위원이 눈물을 흘리면 된다."

마천이 똑같은 대답을 하자 명품을 휘감은 남자는 어이없다는 표정으로 마천을 바라봤다.

"마천, 당신 말대로 우리가 무책임하게 이곳에 왔다고 하더라도 도와주겠다는 말이 사실이면 적어도 무엇으로 오디션을 보는지 정도는 알려주어야 하는 거 아닌가요? 무책임을 싫어하는 분 같은데, 이건 정말 무책임한 겁니다."

"옳소! 이야, 형님, 말씀 한번 속 시원히 잘하십니다."

도진도 아저씨 말에 황명식 아저씨가 박수를 쳤다. 형님이라는 말에 도진도 아저씨가 힐끗 황명식 아저씨를 바라봤다. 형님이라는 호칭이 썩 마음에 들지 않는 눈치였다.

"조금 있으면 심사위원들이 올 것이다. 너희들이 살던 세상의 시간으로 오디션 시간을 정하는데, 한 번 오디션을 한 후에는 24시간 정도 쉬고 다시 오디션을 하게 되어 있다. 오디션은 10차까지 있다. 열 번이 지나도 합격하지 못한 자는 이 중간 세상을 떠돌며 다시 기회가 올 때까지 기다려야 한다."

마천은 끝까지 딴소리였다.

"뭐, 이 세상이라고 우리가 살던 세상과 별반 다를 거 있겠어? 노래나 춤, 연기, 이런 거로 오디션 보겠지. 트로트든 록이든 랩이든 발라드든 자기가 잘하는 거로 합시다. 그래도 되지요?"

명품을 휘감은 남자가 마천을 쳐다보다 "내가 왜 쓸데없이 또 묻고 있지?" 하고 중얼거리며 얼른 고개를 돌렸다.

"질문 있어요."

그때 누군가 소리쳤다.

"오디션을 보고 싶지 않으면 안 봐도 되는 거지요? 자유 맞지요? 그렇게 열심히 뭔가를 하고 싶지 않아요. 지칠 대로 지쳐 있는데 또 뭔가를 한다는 것은 끔찍한 일이지요. 꼭 저세상으로 가서 심판을 받아야 하는 이유가 있겠어요? 여기서 떠돌아도 큰 문제는 없을 것 같은데요."

"그 말도 맞네. 나도 지칠 대로 지쳤어."

누군가 그 말에 맞장구쳤다.

"물론 자유다. 그러나 끝내는 다들 오디션을 보게 될 거다."

마천이 말했다.

그 순간 한 치 앞도 보이지 않는 안개가 삽시간에 내려앉았다. 잠시 후 거센 바람이 몰아치고 안개는 바람에 밀려 서서히 걷혔다. 산에서부터 이쪽으로 이어진 길을 몇 사람이 걸어오고 있었다.

"심사위원들이 오는군."

"심사위원들이 오는군요."

마천과 사비가 동시에 말했다.

'노래로 오디션을 본다면 나도희는 쉽게 합격하겠는걸.'

나는 아직도 정신을 제대로 차리지 못하고 힘겹게 앉아 있는 나도희를 바라봤다.

나도희는 세계적인 래퍼를 꿈꾸는 아이다. 텔레비전 오디션 프로그램에도 몇 번 나갔고 그중 한 번은 우승을 했다. 팬들도 많다. 팬들이 만든 팬카페도 있는 아이다.

심사위원들은 안개 냄새와 함께 도착했다. 모두 열세 명이었다. 심사위원들은 긴 치마와 도포를 입고 있었는데, 도포에 달린 모자를 쓰고 있었다. 모자가 눈썹 아래까지 내려오는 바람에 얼굴은 제대로 보이지 않았다.

"열세 명 모두에게 각각 한 명의 심사위원이 있다. 합격 방법은 오직 하나, 자신의 심사위원이 눈물을 흘리게 만드는 것. 지금부터 한 시간 뒤, 첫 번째 오디션을 시작하겠다."

마천이 말했다.

"너는 좋겠다. 금방 합격할 수 있을걸. 그런데 한 가지 물어볼 게 있어. 설마 합격했다고 혼자 쏙 가버리는 건 아니지? 마천한테 내 이야기를 분명하게 해주고 갈 거지?"

나는 나도희에게 다짐을 받고 싶었다. 내 죽음에 대해 아는 사람은 나도희뿐이고, 내 억울함을 풀어줄 사람도 나도희밖에 없다. 나도희는 내 말을 알아들었는지 못 알아들었는지 흐릿한 눈동자로 멍하니 나를 바라봤다.

'왜 죽으려고 마음을 먹었을까?'

문득 궁금했다. 여기까지 걸어올 때는 그런 생각을 할 겨를도 없었다. 무작정 뭔가에 쫓기는 듯 걷기도 바빴다.

나도희가 입고 있는 옷을 보면 6월 12일에 학교에 가지 않았던 게 확실하다. 천재 래퍼라는 말을 들을 정도로 인정받고 있지, 인기 많지, 집도 엄청 부자라고 하던데. 거기에다 키 크지, 예쁘지, 도무지 빠지는 거라고는 하나도 없는 아이다. 딱 하나, 인기가 치솟을수록 싸가지가 없어진다는 소문은 좀 있었지만 그게 죽을 이유는 아니다. 저렇게 모든 면에서 완벽한 아이가 그런 선택을 했다는 것은 믿기 어려운 사실이었다. 나도희를 가만히 쳐다보고 있는데 뒤통수를 후려치고 가는 기억이 있었다.

'혹시 댓글에 상처받은 건가? 에이, 설마.'

나는 고개를 세차게 저었다.

한동안 나도희 팬카페는 뒤숭숭했다. 나도희 팬카페 회원은 삼만 이천 명이다. 그중에는 우리 학교 아이들도 꽤 있지만 순수한 팬들이 대부분이다. 얼굴도 이름도 모르고 나이도 사는 곳도 모르는 사람들이 나도희 하나로 온라인에서 모여 나도희에게 열광했다. 백 년에 한 번 날까 말까 한 천재 래퍼 나도희! 나도희가 천재라고 불리는 데는 랩을 잘한다는 이유 외에도 또 하나의 이유가 있었다. 랩 가사가 그야말로 예술인데, 나도희는 가사의 의미를 소울로 나타내는 데 탁월한 재능이 있다는 평을 받고 있었다. 오디션에 나갔을 때도 심사위원들이 가사를 극찬하기도 했다. 더 놀라운 것은 그 가사를 다 나도희가 직접 썼다고 했다. 심사위원 중에 한 명은 나도희를 천재 래퍼라고 칭하는 동시에 '래퍼시인'이라는 별명까지 만들어줬다. 팬카페 회원들은 나도희를 월드 스타로 만들어야 한다고 입 모아 말했다.

나도 나도희 팬카페에 가입을 했다. 하지만 나도희의 열성적인 팬이라기보다는 같은 학교에 다니니까 왠지 가입해야 할 것 같다는 책임감, 팬카페라는 곳이 어떤 곳인지 알고 싶은 호기심 때문이었다. 활동은 전혀 하지 않고 그저 눈팅만 하는 그림자 회원이었다.

그런데 얼마 전 모두가 잠든 새벽녘, 나도희 팬카페에 누군가 글 하나를 투척했다.

-나도희는 가사를 직접 쓰지 않았다.

: 냉무.

제목만 있는 글은 호기심을 더더욱 자극했다.

그 후 한 번씩 같은 글이 올라왔다. 그리고 며칠이 지난 후에는 좀 더 구체적인 글들이 올라왔다.

-나도희는 금정호가 쓴 가사를 자기가 썼다고 한다.

-나도희는 진실을 밝히고 사과하라.

카페 안은 삽시간에 시끄러워졌다. 금정호의 정체를 궁금해하는 글들이 홍수가 나듯 올라왔다. 카페는 그 이야기로 계속 시끄러웠다.

금정호는 우리 반이다. 나와는 초등학교 5학년 때부터 줄곧 같은 반이었다. 하지만 몇 년을 같은 반으로 지냈어도 나는 금정호에 대해 아는 게 별로 없다. 금정호는 조용한 아이였기 때문이다. 신경을 쓰지 않으면 있는지 없는지도 모를 그런 아이였다. 그런 성격의 금정호가 나도희와 어울려 다녔을 때가 있긴 있었다. 아주 잠깐이지만 말이다. 나도 나도희와 금정호가 같이 길을 걸어가는 걸 두어 번 본 적이 있는데, 그때마다 금정호는 나도희의 가방을 메고 있었다. 내 생각에 금정호는 가방을 들어주는 일은 할 수 있을지 모르지만 가사를 써준다거나 할 정도의 능력이 있는 아이는 아니었다.

카페는 잠잠해지지 않았다. 게다가 얼마가 더 지나자 또 하나의 글이 올라왔다. 나도희와 금정호가 사귀었는데, 나도희가 인기가 치솟자 금정호를 찼다는 거다.

그 글이 낳은 소문은 점점 더 구체화되었다. 그 소문은 우리 학교 카페 회원을 중심으로 모양을 잡아가기 시작했다. 내가 가장 충격 먹은 것은 금정호와 나도희가 어두침침한 골목에서 키스하는 걸 봤다는 소문이었다. 그 말을 들었을 때 심장이 떨어지는 것 같았다. 그렇다고 해서 내가 나도희를 좋아했다는 말은 아니고, 그만큼 상상도 못 했었다는 말이다.

그리고 금정호가 나도희와 어울려 다닐 당시 금정호가 가사를 써주는 걸 봤다는 증인들도 속속 나왔다. 소문은 점점 더 구체적으로 변해갔고 급기야 금정호의 손글씨로 쓴 가사가 적힌 종이 사진이 팬카페에 올라왔다. 진짜 금정호 필체라는 증언도 있었다. 그 상황을 가장 간단하게 정리할 수 있는 사람은 금정호였지만, 금정호는 어떤 말도 하지 않았다.

-나도희는 유명해지면 유명해질수록 금정호가 시시해보였던 거 아니겠어? 방송에도 출연하고, 멋진 아이돌들을 직접 보면서 나도희가 무슨 생각을 했겠니? 이해는 해. 하지만 싫어져서 찼으면 받은 가사는 돌려주든지, 자기가 쓴 게 아니라고 양심 고백을 해야 하는 거 아니냐? 솔직히 가사가 좋아서 오디션 볼 때마다 칭찬받은 거잖아.

카페에는 꼭 새벽을 이용해 이런 글들이 도배되었다.

팬카페 회원들은 둘로 갈라졌다. 한쪽은 나도희를 공격했고, 한쪽은 나도희를 감쌌다. 온라인상에서의 공격이란 댓글이었다. 댓글은 시간이 갈수록 더 험해졌고 날이 갈수록 칼날처럼 날카롭고 서늘해졌다. 언제 칼날에 베일지 모르는 아슬아슬한 시간은 꽤 오래 지속되었다.

-나도희는 배신자.

나도 댓글을 달았다. 별생각은 없었다. 그저 교실 한쪽에 찌그러진 깡통처럼 쑤셔 박혀 있는 금정호에 대한 연민도 있었고 남들이 뭐라고 하거나 말거나 고개 빳빳이 들고 다니는 나도희가 뻔뻔하게 느껴졌을 뿐이다. 결코 소문에 분노하거나 진실이 뭔지 궁금해 하지는 않았다.

시끄럽긴 했지만 팬카페는 쉽게 무너지지 않았다. '래퍼가 랩을 잘해야지, 가사만 좋다고 최고의 래퍼가 되는 것은 아니다'라는 찐 팬들의 주장이 힘을 얻었다. 나도희를 공격하는 쪽은 조금씩 힘을 잃어갔다. 나도희도 온갖 행복한 표정의 셀카를 찍어 팬카페와 인스타그램에 하루가 멀다고 올렸다. 팬카페는 시끄러웠지만 나도희에게는 아무 문제도 없어 보였다.

댓글 정도에 상처를 받을 멘탈은 아니지.

그렇다면 나도희는 왜 죽었을까.

오디션을 보는 이유

얼마 후 마천이 모두를 불러 모았다.

"수천 년 동안 스스로 죽음을 선택한 사람들의 오디션을 본 결과, 열 번의 오디션 중 첫 번째에서 합격한 사람은 없었다."

"수천 년 동안 스스로 죽음을 선택한 사람들의 오디션을 본 결과, 열 번의 오디션 중 두 번째에서 합격한 사람도 없었지요."

사비가 마천의 말에 한마디 더 얹었다.

"뭐야, 오디션을 보나 마나 떨어진다는 말이잖아요? 그럼 힘들게 오디션을 뭐 하러 봐요?"

황명식 아저씨가 따졌다.

"그것 봐. 내가 그럴 줄 알았어. 나는 오디션 같은 거 안 봐. 뭔가 냄새가 난다니까. 주최 측의 농간이라고 들어봤나 몰라. 오디션을 진행하면 이득이 있으니까 저러겠지."

누군가 들릴 듯 말 듯 중얼거렸다. 마천과 사비는 그 목소리를 못 들은 듯했다.

"스스로 죽음을 선택한 사람들의 오디션은 그만큼 어렵다는 뜻이다. 그러니 떨어져도 절대 포기하지 말고 끝까지 최선을 다하라는 뜻이기도 하다. 수천 년 동안 그래왔지만, 이번에는 판을 뒤집을 수도 있지. 1차부터 합격자가 나올 수도 있다는 희망을 갖고 도전해라."

마천이 말했다.

"스스로 죽음을 선택한 사람, 스스로 죽음을 선택한 사람, 이런 말 좀 안 하면 안 될까요? 참 듣기 거시기하네요."

명품을 휘감은 남자가 못마땅하다는 듯 말했다.

"이수종! 그럼 스스로 죽음을 선택한 사람을, 스스로 죽음을 선택한 사람이라고 하지 뭐라고 하나? 현재 나이 스물아홉 살, 남은 시간 삼십오 년. 삼십오 년을 박차고 온 사람을 그럼 뭐라고 부를까? 스스로 죽음을 선택한 사람이라는 말 대신 배신자라고 부를까? 아, 그게 더 어울리겠군, 세상에 나가고 싶어 했던 수많은 영혼과 너희를 도운 나를 배신했으니. 아아아, 내가 너의 시간을 만들어낼 때 그 시간 안에 네가 해야 할 일들을 생각하느라고 얼마나 머리를 썼는데. 하긴 네가 뭘 알겠나."

마천이 한숨을 쉬었다.

"그건 이수종이라는 저 사람 말이 맞는 거 같은데

요. 스스로 죽음을 선택한 사람, 스스로 죽음을 선택한 사람 하면서 기억을 상기시켜주지 않아도 우리도 다 알고 있거든요. 자꾸 그러니까 우리가 죄인인 듯한 생각이 자꾸 들잖아요."

황명식 아저씨가 말했다.

"내 말이요. 아닌 말로 우리가 오죽하면 죽었겠어요, 오죽하면."

이수종이 두 주먹을 불끈 쥐었다.

"맞아, 오죽하면 죽었을까. 살고 싶었다고. 그런데 오죽하면."

사람들 몇몇이 맞장구쳤다.

"'오죽하면'이라는 말을 함부로 쓰지 마라. 세상에 나가는 선별에서 탈락한 수많은 영혼은 언제 올지 모를 기회를 기다리며 한 번씩 통곡하기도 하지. 그런 날이면 통곡 소리로 세상이 흔들리고 나는 아무 일도 할 수 없어 손 놓고 있을 수밖에 없는 상황이지. 하지만 그들을 말리지는 않는다. 통곡을 멈추라는 말을 못 한다. 오죽하면, 오죽하면 저리 슬프게 통곡을 할까, 이해하고 미안해한다. 생명을 얻어 세상에 나가지 못하면 그들은 형체도 없이 수천 년, 수억 년을 떠돌며 살아야 한다. 형체가 없으면 하고 싶은 일도 못하지. 자신의 존재를 눈으로 볼 수도, 나타낼 수도 없다는 말이다. 영혼은 있는데 형체가 없다는 것, 그게 얼마나 비극적인 일인지 아느냐. '오죽하면'이란 그 영혼들에게 어울리는 말이지. 자, 자, 이렇게 시간을 계속 낭비할 건가? 바로 진행하도록 하겠다. 오디션을 보든 보지 않든 각자의 의사에 맡기기로 하겠다. 첫 번째로 나올 사람?"

"내가 먼저 하지요."

이수종이 벌떡 일어났다.

"어서 빨리 당신들과 헤어지고 싶군요. 설마 저쪽 세상에 갔는데도 계속 스스로 죽음을 선택한 자, 배신자, 이러면서 따라다니지는 않겠지요? 수천 년 동안 첫 번째와 두 번째 오디션에서 합격한 사람이 없다고요? 내가 그걸 깨지요. 노래를 부를 때 반주는 넣어줄 거지요? 나는 반주 없는 노래는 부르지 않아요. 오디션을 한다면서 그 정도는 준비했겠지요. 아, 그리고 마이크와 인이어도 주시고요. 싸구려 마이크는 사절입니다. 싸구려 마이크는 고급스러운 노래까지도 싸구려로 만들지요. 명품 마이크는 노래도 명품으로 만들고 말입니다. 저는 명품 아니면 상대하지 않아요."

"그 정도 서비스는 제공하지."

마천이 사비에게 눈짓을 보내자 사비는 한쪽 구석에 놓인 상자를 열고 마이크를 꺼내 이수종에게 건넸다.

"오호."

마이크를 확인한 이수종이 흡족한 표정을 지었다. 이수종은 귀에 인이어를 꽂더니 마이크를 들고 섰다. 그러자 심사위원 중 한 명이 천천히 이수종 뒤로 다가갔다.

"오호, 저를 전담할 심사위원이신가 봐요. 잘 부탁합니다."

이수종이 심사위원을 향해 허리를 숙였다. 그러나 반쯤 드러난 심사위원의 얼굴에는 어떠한 변화도 없었다.

이수종이 노래 제목을 말하자 반주가 흘렀다. 반주가 흐르자 이수종은 돌변했다. 좀 전의 모습은 온데간데없이 사라지고 온몸으로 감정을 잡는 아티스트 한 명이 눈앞에 서 있었다.

이수종의 노래는 일품이었다. 약간 비음이 섞인 청량한 목소리, 섬세한 감정 처리 그리고 고음으로 올라갈 때의 폭발적인 성량은 저절로 박수를 치게 만들었다.

"가만, 저 사람, 가수 돌팡 아니야? 목소리를 들으니 맞네, 맞아. 처음 볼 때부터 많이 보던 얼굴이라고 생각했는데 저렇게 유명한 사람이 우리와 같이 있다니. 살아서는 직접 만나보지 못했는데, 어쩌다 보니 죽은 날이 같아서 만나게 되는군."

누군가 말했다.

"돌팡? 유명한 가수예요? 나는 먹고살기 바빠서 텔레비전이라고는 볼 시간이 없었어요. 가수고 배우고 죄다 몰라요."

황명식 아저씨가 물었다.

"한물가긴 했지만 일이 년 전만 해도 핫한 가수였

어요. 뭔지 기억이 잘 나지는 않지만 좀 시끄러운 일이 있었고, 어느 날 갑자기 사라졌지요. 본명이 이수종이었군. 노래는 역시 잘하네. 오디션 통과하겠는데요."

이수종의 노래가 끝나자 모두의 눈은 심사위원으로 향했다.

"탈락."

마천이 이수종 뒤에 서 있는 심사위원의 얼굴을 살핀 다음 말했다. 이수종은 당황했다.

"아, 노래를 부르다 보니 인이어에 문제가 있었어. 인이어가 귀에 잘 맞지 않아 잘 들리지 않았다고. 다시 부르면 안 되나요?"

"안 돼."

마천은 단칼에 거절했다.

"저렇게 완벽하게 불렀는데도 탈락이라니, 불러봤자 결과는 뻔하겠네."

더 이상 오디션을 보겠다고 나서는 사람은 없었다.

"1차 오디션 합격자는 없다. 그럼 24시간 뒤에 2차 오디션을 시작한다."

이수종 정도의 실력으로도 탈락인 걸 보면 아무래도 노래로 오디션을 보는 게 아닌 거 같다는 말들이 나왔다. 2차에서는 춤으로 해보자는 의견이 나왔다. 그러다 노래든 춤이든 각자 잘하는 걸 하자는 의견이 나왔고 다들 찬성했다.

시간의 흐름을 알 수 없었다. 시계도 휴대폰도 없

었다. 낮과 밤이 따로 없었고 어둠과 밝음도 따로 없었다. 밝은가 싶으면 짙은 안개로 어두워졌다. 어둡나 싶으면 안개가 걷히며 밝아졌다.

"나일호."

나도희가 제법 또렷한 발음으로 나를 불렀다. 이제 정신이 좀 돌아온 모양이었다.

"2차 오디션까지는 시간이 얼마나 남았지?"

"다 듣고 있었냐?"

흐릿한 눈으로 멍하니 앉아 있었어도 일어나는 일들은 다 알고 있는 모양이었다.

"시계가 없어서 얼마나 남았는지는 잘 모르겠어. 24시간이 지나면 마천이 부르겠지. 그런데 오디션 합격은 결코 쉬운 일이 아닌 거 같아. 이수종이라는 남자가 노래를 불렀는데 엄청 잘했어. 가사는 또 얼마나 슬펐는지 몰라. 죽은 후에 다음 세상에서 만나 못다 한 사랑을 하자는 가사였지. 그런데 심사위원은 꿈쩍도 하지 않았어."

"노래는 객관적으로 평가한다기보다는 주관적인 거야. 사람들마다 받아들이는 게 달라. 같은 노래를 들어도 누구는 울지만 누구는 울지 않아. 슬픈 노래라고 해서 모두 슬프게 들으라는 법은 없는 거야. 이수종의 노래가 심사위원에게는 감동적으로 다가오지 않았을 수도 있어. 잘 부르는 노래라고 해서 다 감동적이지는 않거든."

나도희의 한마디 한마디가 전문가다운 말이었다.

듣고 보니 나도희 말이 맞는 거 같았다.

스산한 바람이 불자 나도희는 어깨를 움츠렸다. 나도희의 하늘거리는 셔츠와 치마가 유난히 얇아 보였다. 하필이면 6월 12일은 날씨가 더웠다. 물론 초여름이니까 더운 것은 당연했지만 전날인 6월 11일부터 때 이른 폭염이 찾아왔다. 그날 더위에 얼마나 놀랐는지, 다음 날 사람들의 옷차림은 눈에 띄게 가벼워져 있었다. 만약 나도희가 그날 학교에 왔더라면 교복을 입었을 테고, 교복은 지금 입고 있는 옷보다는 훨씬 두꺼워서 덜 추웠을 거다.

"그런데 나일호, 너는 어쩌다 여기에 온 거니?"

나도희가 생각났다는 듯 물었다.

"뭐?"

나는 말문이 막혔다. 내 증인이 되어줄 아이가 이게 무슨 뜬금없는 질문이람.

"기억 안 나?"

내가 옥상 난간에서 나도희를 와락 껴안았을 때 찰나의 순간 나도희와 눈이 마주쳤었다. 나는 그걸 똑똑히 기억한다.

"기억이 뚝뚝 끊겨. 내가 잊은 기억이라도 있니?"

"아주 중요한 걸 잊고 있어. 잘 들어. 나도희 네가 시장 귀퉁이에 있는 다 쓰러져가는 건물 옥상에 서 있는 걸 내가 봤어. 어떻게 그걸 보고도 그냥 지나가겠냐? 단숨에 옥상으로 달려가서 옥상 난간에 서 있는 너를 껴안았지. 쉽게 말해서 죽으려는 너를 말리려고 달려든 거야. 그다음은 어떻게 되었겠니? 우리 둘 다 죽었으니까 여기에 와 있겠지."

"그럼 너는 스스로 죽음을 선택한 게 아니잖아?"

나도희는 조금의 망설임도 없이 말했다. 얘도 이렇게 금세 알아듣는 말을 마천은 왜 그리도 못 알아듣는지 모르겠다.

"그렇지, 바로 그거야. 나는 엉겁결에 죽은 거야. 내 의도와는 전혀 상관없이 일어난 일이지. 그런데 마천이 내 말을 믿지 않아. 그러니까 네가 증인 좀 되어줘라. 네가 증언을 하고 그들의 오류라는 걸 밝혀 달란 말이야. 나 지금 엄청 억울하거든."

"오류가 밝혀지면 너는 어떻게 할 건데?"

"응?"

"오류가 밝혀지면 너는 어떻게 할 거냐고?"

"억울함이 풀리는 거지."

"억울함이 풀리면 그다음은?"

억울한 게 풀리면 그다음은? 거기까지는 생각해보지 않았다. 나는 다만 억울할 뿐이다.

"그건 그때 가서 생각해봐야지."

"알았어. 증인이 되어줄게. 생각해보니까 네가 억울하긴 엄청나게 억울하겠어. 하지만 당장은 안 돼. 내가 오디션에 합격해서 여기를 벗어나 저곳으로 가게 될 때, 그때 증언해줄게. 만약 그전에 오류라는 게 밝혀지면 나일호 너에게 혜택이 있을 수도 있잖아? 그 혜택이 나일호 네가 먼저 저기로 가버리는 거면 내가 외로울 거 같아서. 알았지?”

살아 있을 때 왕싸가지로 소문이 살살 나더니 그 소문이 맞았군. 내가 저 때문에 죽은 걸 뻔히 알면서 그런 말을 하고 싶을까. 따지려다 참았다. 나도희 랩 실력이면 금방 합격할 거다. 그래, 빨리 합격해서 내 억울함 좀 풀어줘라. 생각하다가 멈칫했다. 과연 랩으로 심사위원들을 감동받게 할 수 있을까?

랩은 수많은 단어를 소나기처럼 퍼붓는다. 정확하지 않은 발음의 단어들이 파도를 타듯 흔들린다. 그 흐름에 듣는 이들도 함께 몸을 흔든다. 전문가들은 가사의 내용이 뭔지를 중요하게 생각할지 모르지만, 듣고 즐기는 이들에게 가사는 그리 중요치 않다. 과연 심사위원이 가사를 제대로 알아들을 수 있는 전문가일까? 가사를 제대로 알아듣지 못한 상태에서 랩으로 감동받아 눈물을 흘리기는 힘들 텐데. 아무리 음악을 듣고 느끼는 것은 주관적이라고 하지만 가사에서 감동받는 건 이 세상이나 저세상이나 같지 않을까. 나는 내 걱정을 나도희에게 말했다.

“음악으로 주는 기쁨과 슬픔, 이런 감정은 꼭 가사를 알아듣지 않아도 느끼고 받을 수 있어. 알아듣지 못하는 외국 노래를 듣고 울컥해서 우는 경우도 있잖아?”

듣고 보니 그 말도 맞는 말이었다. 멀리서 증인을 찾을 필요도 없다. 일주가 증인이다.

어느 날인가 소파에 앉아 이어폰을 귀에 꽂고 있던

일주가 갑자기 울음을 터뜨린 적이 있었다. 노래가 너무 슬프다나 어쨌다나. 엄마가 일주의 휴대폰에 꽂힌 이어폰을 빼자 팝송이 흘러나왔다. 솔직히 일주의 영어 실력이 그 가사를 모두 알아들을 실력은 아니었다. 그런데 엄마는 한순간 흥분했다. 일주의 영어 실력이 한순간 일취월장했다고 말이다. 엄마는 일주에게 무슨 뜻의 가사냐고 물었고, 일주는 꼭 가사를 알아들어야만 노래에 감동받을 수 있는 게 아니라고 말했다. 알고 보니 가사가 무슨 뜻인지도 모르고 울었던 거다. 엄마는 실망해서 중학교 2학년이나 되면서 그 정도 가사도 못 알아먹느냐고 말했고, 일주는 제가 영어 못하는 걸 내 탓으로 돌렸다. 나 때문에 비싼 영어 학원에 못 다녀서 그렇단다. 가만히 앉아 있다가 찬물을 뒤집어쓴 기분이었다.

나도희는 랩을 흥얼거렸다. 랩을 흥얼거리자 나도희의 표정이 조금씩 밝아졌다. 그 모습을 보자 다시 궁금해졌다. 대체 왜 죽었을까? 저렇게 좋아하는 랩을 두고. 그리고 저를 좋아하는 팬들을 두고. 하루하루 가슴 떨리는 인기를 두고. 참 불가사의한 일이다.

“왜 그렇게 뚫어져라 봐?”

나도희가 물었다.

“보긴 누가……. 너 인기 되게 많았지?”

나는 얼른 딴말을 했다.

“몰라서 묻는 거니?”

확 비위가 상하려는 걸 간신히 참았다.

"인기 굉장하지. 날마다 선물 택배가 넘쳐나니까. 우리 집 베란다에는 단 한 번도 신어보지 않은 운동화가 쌓여 있고, 옷장에는 입어보지도 못한 옷들이 가득 차 있어. 선물 받은 모자도 수백 개는 넘고 영양제는 평생을 먹어도 다 못 먹을 정도야."

입이 떡 벌어졌다. 브랜드 운동화 하나만, 제발 하나만, 이러면서 엄마를 조르던 순간이 떠올랐다. 멀쩡한 운동화 두고 무슨 브랜드 운동화냐고, 학원비가 얼마인지 알고 그런 철딱서니 없는 소리를 하느냐고 엄마에게 쥐어 박혔던 순간들이 주마등처럼 스쳐 지나갔다. 똑같은 사람으로 태어나 이렇게 차이가 나는 삶을 살아도 되는 건가. 문득 슬픔이 파도처럼 밀려왔다.

나도희의 자랑은 날개를 달았다. 날마다 아파트 근처에는 나도희 얼굴 한번 직접 보려고 찾아온 팬들이 진을 치고 있었고, SNS에 몰려와 좋아한다고 고백하는 남자아이들도 넘쳐났다고 했다. 그러지 말라고 해도 마구 매달리는 남자애들 때문에 아주 골치가 아파서 한동안 SNS를 폐쇄한 적도 있었다고 했다. 계속 듣다 보니 성질이 났다.

"그런데 왜 죽었냐? 그렇게 잘나가는데 왜 죽었느냐고?"

나는 내 성질을 이기지 못하고 이렇게 말하고 말았다. 아차 했지만 이미 늦었다. 나도희가 아랫입술을 잘근잘근 씹었다. 입술이 핏빛으로 물들었다.

"아니, 내 말은 그렇게 너를 사랑하는 팬들을 두고 왜 그랬느냐 그 말이지. 나도 네 팬카페 회원이라서 네 팬들이 너를 얼마나 좋아하는지 잘 알고 있거든. 뭐 안티도 있긴 하지만 찐 팬들에 비하면 안티의 힘은 새 발의 피야."

나는 입에서 나오는 대로 주절주절 말했다. 그러자 나도희 표정이 더 안 좋아졌다.

'안티 팬 얘기를 해서 그런가? 하지만 안티 팬 얘기가 뭐 어때서.'

세상 모든 사람이 다 자기편이 될 수는 없다. 한류스타 빙호그룹도 안티 팬 카페가 따로 있을 정도다. 놀라운 것은 안티 팬은 처음부터 안티 팬이 아니라는 거다. 찐 팬이 안티 팬으로 변하는 일이 많다. 안티도 하나의 관심이다. 관심이 없다면 안티도 없다. 세계적인 래퍼를 꿈꾸는 아이가 그 정도도 모르나?

"미안하다."

나는 내 입을 꼬집으며 말했다. 나도희는 말없이 나를 노려보기만 했다. 아주 천 년 묵은 구미호도 울고 갈 정도의 표독한 눈빛이었다.

그래, 왜 죽었느냐고 물어본 건 내 잘못일 수도 있다. 어쩌면 나도희의 비밀일 수도 있으니까. 하지만 그렇다고 해서 그 말 한마디 물어봤다고 잡아먹을 듯 노려보는 건 좀 그렇다. 내가 누구 때문에 이러고 있는데. 바로 나도희 때문이다. 그걸 알면서 저러고 싶을까. 밴댕이 속 같으니라고.

괜히 죽었네

"수천 년 동안 오디션을 본 결과, 2차 오디션에서 합격자가 나온 일은 단 한 번도 없었지."

2차 오디션을 시작하기 직전 마천이 중얼거렸다.

"수천 년 동안 오디션을 본 결과, 2차 오디션은 물론이고 3차 오디션에서도 합격자가 나온 경우는 한 번도 없었지요."

사비가 마천의 말에 한마디 더 얹었다.

"뭐야, 3차까지? 오디션이 어렵다고 자랑질을 하는 거야, 아니면 오디션을 보지 말라는 거야?"

사람들이 웅성거렸다.

"내가 주최 측의 농간이라는 말했죠? 뭔가 냄새가 난다니까."

"우리 엿 먹이는 거죠? 맞죠?"

황명식 아저씨가 마천 앞으로 나가서 따졌다.

"무슨 말인가? 엿을 먹이다니."

"오디션인지 뭔지는 그냥 폼이 아니냐 이 말이지요. 합격자는 내지 않을 거면서 공연히 사람 놀려먹기 위해 이러는 게 아니냐고요? 우리 보고 배신자라면서요? 배신했으니 어디 당해봐라, 이러고 놀리는 거 맞지요?"

황명식 아저씨는 당장이라도 마천의 멱살을 잡을 기세였다.

"그렇게도 의심이 되면 오디션에 참가하지 않으면 되는 거 아닌가? 참가 여부는 자유의사라고 했다. 마천님은 측은지심으로 도와주려고 하는데 이게 무슨 짓인가?"

사비가 화를 냈다.

"측은지심이요? 글쎄올시다, 합격자를 낼 생각도 없으면서 오디션은 해서 뭐 하는지요?"

"그렇다면 오디션을 없애달라는 말인가?"

"사비, 그만두어라."

마천이 사비를 말렸다.

"나도 합격자가 나오기를 간절히 바라고 있다."

마천이 황명식 아저씨에게 말했다.

"맞아요. 놀려먹자고 이 짓을 하겠어요? 합격자가 잘 나오지 않을 만큼 오디션이 어렵다는 말이겠지요. 꼭 합격자가 나오면 좋겠지만 오디션 중에 우승자를 내지 않는 오디션도 종종 있어요. 내가 서바이벌 오디션 출신이잖아요. 오디션을 얕잡아 보다가는 큰코다쳐요. 죽을 둥 살 둥 준비해야 한다고요. 상당한 스트레스와 인내를 요구하는 게 오디션이에요. 저는 얼마나 스트레스를 받았는지 오디션 중간에 위장에 빵꾸가 난 적도 있었지요. 어제 보니 오디션 중에서도 난이도가 상당히 높은 오디션임에는 분명해요. 굳이 난이도를 별로 나타내자면 별 다섯 개 중에 별 다섯 개. 그만큼 열심히 해야 하지요."

이수종이 시계를 자랑이라도 하듯 팔목을 올려 보이며 말했다. 시계에서 눈이 부실 정도로 번쩍번쩍 빛이 났다.

"잠시 후에 2차 오디션을 진행할 테니 참가할 사람들은 준비하도록."

마천과 사비는 심사위원들이 있는 곳으로 가버렸다.

"노래 좀 한다고 잘난 척은……. 그런데 시계가 멋져 보이는구먼. 그거 얼마나 하오?"

황명식 아저씨가 이수종에게 물었다.

"얼마 안 해요. 한 구천만 원 정도?"

구천만 원이라는 말에 사람들은 약속이나 한 듯 "으헉!" 하고 소리쳤다.

"지방 소도시의 아파트 한 채 값과 맞먹는군. 아파트 한 채를 손목에 달고 무거워서 어찌 다니오."

황명식 아저씨가 혀를 내둘렀다.

"세상에나, 그렇게 싼 아파트도 있어요?"

이수종이 얼굴을 찡그렸다. 그렇게 싼 아파트와 비교를 당하다니 상당히 자존심이 상하는군, 이런 표정이었다.

"6월 12일, 내가 무슨 마음으로 이 시계를 찼는지 모르겠군요. 집에는 이 시계와 같은 브랜드의 더 비싼 시계가 몇 개 있거든요. 이 브랜드 아시죠? 각국의 왕가 자손들을 비롯해서 세계적인 스타들에게 인기 최고인 브랜드이고 모델마다 한정판인 거는 다들 아시죠?"

"여기에서 그걸 아는 사람이 몇이나 있겠소? 그렇게 비싼 시계가 세상에 존재한다는 것도 나는 모르고 살았고, 시계를 한정판으로 만들어 판다는 말도 나는 처음 듣는 말이오. 그런데 그 옷도 꽤 비싸 보이는군, 그것도 세계적인 브랜드요? 천이 아주 야들야들해 보이는데 실크인가?"

황명식 아저씨가 이수종의 셔츠 자락을 슬쩍 만지며 물었다.

"요즘 누가 실크를 입어요, 촌스럽게. 이 셔츠 엄청 비싼 거예요. 어디 시계와 옷만 그런가요. 이 벨트 그리고 구두까지 모조리 다 세계적인 브랜드지요."

"그러게. 가죽 바지도 좋은 가죽을 쓴 거 같군. 양가죽인가, 송아지 가죽인가? 하여튼 엄청 돈이 많은가 보네."

"돈을 긁었지요. 텔레비전 채널을 돌릴 때마다 내 얼굴이 나왔으니까. 나를 지원하는 팬들도 많았고요. 한강뷰 아파트, 5억이 넘는 밴, 6억을 호가하는 스포츠카."

"아이고야, 아주 그냥 돈으로 휘감고 다니고 돈을 밟고 다녔구먼. 진짜 궁금해서 그러는데, 그렇게 돈도 많은데 왜 죽었소?"

황명식 아저씨가 진심으로 묻는 듯했다. 왜 죽었느냐는 말에 이수종 얼굴이 확 변했다.

그때였다.

"자, 2차 오디션에 도전할 사람은 앞으로 나오도록."

마천이 소리쳤다.

"여긴 내가 오래 있을 곳이 아니니 한시라도 빨리 떠나야지. 거들먹거리는 마천인지 뭔지와 남이 말하고 싶어 하지 않는 것을 궁금해하는 개념 없는 인간들과 어서 헤어져야 해."

이수종은 혼잣말을 하며 앞으로 나갔다.

"나도 나가야겠어. 사람이 개념이 있어야지. 남 일이 뭐가 그렇게 궁금해?"

나도희도 나갔다. 뭐야, 나보고 개념 없다고 그러는 건가? 아니, 왜 죽었느냐고 물어볼 수도 있지, 그 말 한마디 물어봤다고 잡아먹을 듯 노려보더니 이제는 개념 없다고? 뭐 저런 애가 다 있나 모르겠다. 생색내고 싶지 않지만 나는 저를 구하려다 여기에 왔다. 그걸 잊으면 안 된다.

"다른 사람은 없나?"

마천이 사람들을 둘러봤다.

"원래 낯선 일에는 지켜보는 지혜도 필요해요. 무

턱대고 나서기보다는 지켜보면서 전략을 짜는 게 성공으로 가는 지름길이지요. 노래로는 이수종 씨 저분을 앞서지 못할 거고, 오늘 결과를 보고 전략을 세우는 게 현명하지요. 뭐로 도전해야 합격할 수 있는지도 모르면서 무작정 도전하는 것은 쓸데없이 에너지를 빼앗기는 일이고, 또 자신감을 떨어뜨리는 일이기도 하지요."

단발머리의 여자가 말했다. 이름이 뭐라고 했더라? 아, 맞다. 진주구슬이라고 했다.

"무슨 분석하는 일을 하셨나 봅니다?"

황명식 아저씨가 물었다.

"뭐, 제 직업상 분석이 가장 중요한 일이긴 하지요. 부동산을 했으니까."

"아하, 부동산? 여기에 와서 참으로 다양한 직업군을 만나는군요. 내가 살아생전에 가수를 직접 만날 일이 어디 있었겠으며 생전 집을 사고팔 일도 없으니 부동산 중개업자를 만날 일은 또 어디 있었겠습니까? 일단 분석가 양반의 말이 맞는 거 같습니다. 오늘 지켜보고 전략을 짜는 게 현명할 거 같아요."

황명식 아저씨가 고개를 끄덕였다.

이수종이 1차 오디션 때 인이어 때문에 망쳤다고 인이어 핑계를 대자 사비는 다시 한쪽 구석에 놓인 상자를 뒤져 작은 육각형의 보석함 같은 것을 들고 왔다.

"원래 어설픈 목수가 연장 탓을 하는 법. 인이어 탓

에 오디션에 떨어졌을까. 네 귓구멍에 맞는 것을 골라라."

귓구멍이라는 말에 이수종은 인상을 쓰며 사비를 바라봤다. 귓구멍! 어쩐지 비하하는 말 같기도 하고 사람을 무시하는 말 같기도 하고, 품위와 품격이라고는 조금도 들어 있지 않은 상스러운 말 같기는 하나 그렇다고 해서 틀린 말은 아니었다. 귓구멍을 귓구멍이라고 하는데 딱히 따질 명분이 없는지 이수종은 별말 없이 육각형 보석함을 뒤적였다. 인이어를 번갈아 가며 귓구멍에 끼어보던 이수종은 은빛 찬란한 인이어를 들고 '오케이'를 외쳤다.

"너는 뭐 필요한 거 없냐?"

마천이 나도희에게 물었다.

"저는 없어요. 유능한 목수는 단 하나의 연장으로도 모든 것을 다 할 수 있거든요. 저는 제 목소리 하나면 돼요."

아휴, 저 잘난 척.

"잠깐. 저 학생 어디서 많이 보던 학생이네. 아, 혹시 래퍼 나도희?"

이수종이 귀에 인이어를 꽂다가 손을 멈추고 나도희를 바라봤다.

"맞네, 맞아. 천재 래퍼 나도희. 이야, 여기 와서 나도희를 다 만나보네. 돌팡에 나도희라, 이 오디션 상당히 수준 높네. 우리 둘이 나중에 콜라보 한번 해보는 거는 어떨까? 아마 이 세상이 들썩일 정도의 수준 높고 멋진 무대가 되지 않을까."

수준 높고 멋진 무대가 될지 안 될지는 잘 모르겠지만 일단 둘의 잘난 척 수준은 상당히 높았다.

이수종이 먼저 노래를 불렀다. 이수종의 귀에서 인이어가 찬란하게 빛났다. 사랑하는 사람과 영혼결혼식을 하는 가사의 노래인데 아주 절절했다. 주변은 삽시간에 고요해졌다. 다들 감동한 표정들이었다. 바람 소리만 들릴 뿐 숨소리조차도 들리지 않았다. 노래가 클라이맥스로 치닫는데 콧잔등이 시큰해졌다. 그래, 잘난 척할 만하니까 하는구나, 나도 모르게 겸허해졌다.

이수종의 노래가 끝나자 여기저기서 푸우, 하며 참았던 숨을 토해냈다.

"합격할 거 같은데."

누군가 중얼거렸다.

"사람하고 노래하고는 완전히 달라. 시계 자랑할 때는 뭐 저런 덜떨어진 인간이 있나, 죽어서까지 저러고 싶은가, 한심하고 기도 안 찼는데 노래는 역시 일품이군."

누군가 말했다.

하지만 중요한 것은 심사위원이었다.

"탈락."

마천이 소리쳤다.

"말도 안 돼. 이보다 더 완벽할 수는 없어. 음정, 박자, 뭐 하나 어긋난 곳 없었다고. 그런데 탈락이라니. 완전 엉터리네. 나는 이 심사 결과 받아들일 수 없어요!"

이수종이 목에 핏대를 세우며 따지고 들었다.

"나한테 화를 내봤자 아무 소용없다. 분명히 말하지만 나와 사비는 이 오디션 심사에는 전혀 관여하지 않는다. 이건 절대 깰 수 없는 이곳의 규율이고 규칙이다. 심사에 관련된 모든 권한은 심사위원들에게 있다."

"저 심사위원이 내 노래 심사를 볼 정도의 자격은 되는 겁니까? 노래에 대해 뭘 아느냐고요?"

이수종은 분을 참지 못하고 심사위원을 향해 삿대질을 했다.

"너에 대해 누구보다도 잘 알고 있는 심사위원이다."

마천이 단호하게 말했다.

"뭔 소리입니까? 어쭙잖은 변명은 하지 마시지요. 황명식 씨 말대로 엿 먹이는 거지요?"

이수종이 인이어를 빼서 던져버렸다.

"보나 마나 나도희 너도 탈락일 거다. 이 오디션 완전히 조작이야, 조작. 합격자를 내지 않기로 이미 결정되어 있는 오디션이라고."

이수종은 분을 참지 못해 계속 씩씩거렸다. 아까는 별 다섯 개의 난이도가 꽤 높은 오디션이니 뭐니 하더니.

"글쎄요. 실력이 모자라서 떨어진 것일 수도 있지

않을까요. 주관적인 취향까지 다 만족시키는 게 실력이지요."

이수종이 팔딱팔딱 뛰자 나도희의 잘난 척은 더 고고하고 도도해 보였다. 나도희가 앞으로 한 걸음 더 나가는 순간 안개가 밀려오기 시작했다. 안개를 타고 나도희의 허스키한 목소리가 흘렀다.

역시 천재 래퍼라는 이름이 아깝지 않았다. 편안한 발걸음으로 산등성이를 넘는 듯했다. 가끔 오르막이 나타나면 나도희의 소울은 짙어졌다. 그러면 눈을 감게 되고, 눈을 감고 있으면 구름을 타고 산에 오른 듯 오르막은 끝나 있었다. 어느 부분에서 감동을 받았는지 알 수 없었지만 나도희의 랩이 끝났을 때 콧날이 시큰했다.

"탈락."

마천이 소리쳤다.

나도희는 충격받은 표정이었다. 이수종이 그럴 줄 알았다는 듯 나도희를 바라보며 비웃음을 흘렸다.

"24시간 뒤에 3차 오디션이 있겠다."

"잠깐! 다시 한번 물어봅시다. 3차까지 합격자가 없었다는 건 알겠는데 설마 4, 5, 6, 7, 8, 9, 10차에서도 합격자가 단 한 명도 나오지 않은 것은 아니겠지요? 그럴 리는 없겠지만 진짜 진짜로 설마설마해서 물어보는 겁니다. 만약 그렇다면 이 오디션 당장 때려치우지요. 놀림당하는 거 싫습니다."

황명식 아저씨가 물었다.

"진짜 계속 피곤하게 하네. 때려치우라고? 때려치우면? 저기로 가는 걸 진짜 포기하고 영원히 이 공간을 떠돌며 살고 싶은가? 영혼에 동상이 걸릴 정도로 혹독한 추위와 싸우며 수천 년, 아니, 억만년 동안 살고 싶은가? 그렇다면 깔끔히 오디션을 없애도록 하지. 나는 뭐 좋아서 이러고 있는 줄 아나? 내가 선별해서 세상으로 보냈던 영혼들이 배신의 깃발을 높이 들고 찾아왔는데 난들 예뻐서 이러고 있겠느냐고? 그저 불쌍한 마음, 가엾은 마음에 우리 세상에서 절대적인 힘을 가진 분을 조르고 졸라 오디션을 마련하고 기회를 주고자 하는 건데 오만방자함이 하늘을 찌르는군. 다시 한번 말하지만 자유의사다. 오디션을 보기 싫은 사람은 보지 않아도 된다. 억지로 하라고 하지 않겠다. 아무리 따지고 들어도 나는 해줄 말이 없다. 나는 오직 오디션을 열어 기회를 줄 뿐이다. 내 입에서 다른 말이 나오기를 기대하지 마라."

마천이 황명식 아저씨를 무섭게 쏘아봤다. 마천의 눈빛은 강렬했다. 세상을 단박에 녹일 정도의 힘이 있었다.

"아니, 그러니까 내 말은 무엇으로 오디션을 봐야 좋은지 그거라도 정확하게 알려달라 이 말이지요. 노래를 잘하는 이수종조차도 자꾸 탈락하니 답답해서 그러는 거 아닙니까? 꼭 달걀로 바위를 치는 거 같은 기분이 들기도 하고."

황명식 아저씨는 마천의 기에 눌려 한 발 뒤로 물

러섰다.

“무엇을 하든 너희들 자유다. 다만 심사위원을 울게 해야만 길을 통과할 수 있다.”

“아, 진짜 뭘 어떻게 하라는 말인지 알 수가 없네.”

이수종이 투덜거렸다.

“저기가 그렇게도 쉬운 곳인 줄 알았냐?”

마천이 무지개가 떠 있는 산을 가리켰다.

“너희들은 착각을 했다. 너희들이 살던 세상을 떠나면 문제가 해결되고 안락하고 편안한 세상으로 단숨에 갈 수 있다고 생각했겠지. 그 착각으로 멍청한 선택을 한 거고 말이다. 너희들이 얼마나 멍청하고 무서운 선택을 했는지는 길을 통과하지 못하고 여기에 남게 되면 절실히 느낄 거다. 그 고통스러움을 알기에 내가 도와주려고 나선 거다. 하지만 오디션을 여는 것까지가 내 권한이다. 더 이상 나에게 뭘 얻으려고 하지 마라. 한 가지 분명한 것은 예전에 합격자가 있었든 없었든 그건 중요한 게 아니다. 다른 사람들은 합격을 못 했어도 누군가는 합격할 수 있다. 낙타가 바늘구멍을 통과하는 걸 불가능하다고 여기지 말고 낙타의 몸을 줄이든지 바늘구멍을 넓히든지, 방법을 찾아봐야지.”

“아, 진짜 뭐가 이렇게 어려워. 씨발, 괜히 죽었네.”

이수종이 침을 모아 캬악 뱉으며 말했다. 마천이 이수종을 쏘아봤다.

“아니, 내 말은 말이에요. 이렇게 복잡하고 어려운

일이 기다리고 있을 줄 알았으면 그냥 살아 있을 걸 괜히 죽었다고요. 낙타를 줄이고 바늘구멍을 늘릴 재주가 어디 있어요? 이렇게 복잡하고 까다로운 절차가 기다리고 있을 줄은 꿈에도 몰랐어요. 죽으면 끝인 줄 알았지. 다 끝인 줄 알았다고요. 아, 머리 아파."

이수종이 두 손으로 머리를 박박 긁었다. 시계가 흔들리며 번쩍번쩍 빛을 냈다.

"나도 내 선택을 마지막으로 모든 게 다 끝나는 건 줄 알았어. 이런 일이 기다리고 있을 줄은 상상도 못 해봤다고."

나도희가 말했다.

나도희가 다 끝내고 싶었던 게 뭔지 궁금했다.

"그러니까 뭐 하러 머리 아프게 자꾸 오디션을 보려고 해요? 저쪽 세상에 간들 내 마음에 쏙 드는 심판을 받게 된다고 누가 장담해요? 나는 착하게 살았다고 생각해도 남들이 볼 때 그렇지 못한 경우도 있지 않겠어요? 내가 무심코 던진 돌에 개구리가 맞아 죽는 일도 있으니까요. 어쩌면 여기에 있는 게 더 현명할 수도 있지요."

주최 측의 농간이니 냄새가 난다느니 하던 그 목소리였다.

각자의 사연들

"우리 서로 인사나 하고 지냅시다. 보아하니 저 길을 통과하는 일이 결코 쉽지는 않을 거 같고 어쩌면 수억 년 동안 함께 이곳을 떠돌 수도 있는 인연인데 그게 보통 인연이요? 형씨도 이리 오슈."

황명식 아저씨가 도진도 아저씨에게 손짓을 했다. 도진도 아저씨는 인상을 쓰며 손사래를 쳤다.

"처음에는 적극적인 거 같더니 왜 갑자기 돌변했담. 사람이 힘들고 어려울 때일수록 힘을 합해야지. 저런 식으로 개인플레이하면 될 일도 안 되는 법이지. 공사판의 벽돌 하나도 맞들어야 낫다, 뭐 이런 말도 있지."

"공사장에서 일하셨어요?"

이수종이 미간을 찡그리며 물었다.

"요즘 핫하니 잘나가는 아파트치고 내 손길 안 닿은 곳이 없을 정도지. 거기에다 내 손길의 운빨이 기막힐 정도야. 내가 지은 아파트치고 두 배 이상 값이 치솟지 않은 곳이 없거든. 어떤 곳은 다섯 배가 오른 곳도 있지. 아, 그 생각만 하면 지금도 가슴이 뛰어."

황명식 아저씨는 눈을 가늘게 뜨고 허공을 바라봤다. 자신이 지은 아파트값이 치솟던 그날의 영광을 떠올리는 듯했다.

"아저씨도 한두 채는 사놓으셨나요? 당연히 사놓으셨겠지요. 아휴, 참으로 안타깝군요. 살아 있을 때 아저씨를 만났더라면 얼마나 좋았을까요. 아저씨의 운빨과 저의 분석력을 바탕으로 대한민국 최고의 부동산 중개업자가 될 수 있었을 텐데."

진주구슬 얼굴에 안타까움이 가득했다.

"이것 보시오. 내가 그걸 한두 채 사놓을 정도의 팔자라면 여기에 와 있겠소? 놀리는 것도 아니고, 원. 하지만 말을 듣고 보니 진주, 아니다, 구슬이라고 했나? 이름이 뭐라고 했지요?"

"진주구슬이요. 성이 진주고 이름이 구슬이에요, 엄마 아빠 두 분의 성을 다 땄지요, 아저씨."

"이름이 꽤 어렵군요. 구슬 씨 말을 듣고 보니 살았을 때 만나지 못했던 게 아쉽긴 하군요. 그런데 말끝마다 아저씨, 아저씨 하는데 나이가 어찌 되는지요?"

"서른둘입니다."

"내가 아저씨로 불릴 정도로 나이가 더 많은 것은 아니니 호칭을 바꿔주면 좋겠는데. 오빠라고 불러."

진주구슬의 나이를 듣고 나자 황명식 아저씨는 반

말을 했다. 진주구슬의 얼굴이 찌그러들었다.

"이 학생이 구슬 씨 보고 아줌마라고 하면 기분 좋겠어? 아줌마라는 말이 좋아? 누나라는 말이 좋아?"

황명식 아저씨가 가만히 있는 나를 들먹였다. 진주구슬은 천천히 표정 관리를 한 다음 마지못해 고개를 끄덕였다.

"그나저나 한강뷰 아파트 있다고 했지요? 그거 몇 년 전에 사셨나요?"

진주구슬이 이수종에게 물었다. 셔츠 자락으로 시계를 닦고 있던 이수종은 시큰둥하니 오 년이라고 대답했다.

"오 년 전이면 오를 만큼 오른 다음 산 거라서 지금 판다 해도 크게 차익은 남지 않을 거 같군요. 이왕이면 대출을 받아서라도 칠 년 전에 샀으면 훨씬 좋을 뻔했어요, 칠 년 전을 기준으로 아파트 값이 토끼뜀 뛰듯 뛰었거든요. 칠 년 전이면 내가 막 부동산 중개인 자격증을 땄을 때인데 그때 만났다면 얼마나 좋았을까요? 아낌없는 조언을 해주었을 텐데요."

진주구슬은 무척이나 아쉬워했다.

"어차피 내 돈으로 산 것도 아닌데요, 뭘. 오르거나 말거나 크게 관심 없어요."

도대체 시계에 뭐가 묻었는지 이수종은 필사적으로 시계를 문질렀다.

"그렇다면 대출? 아무리 은행 돈이라도 나중에 갚을 돈이면 내 돈이지요."

"골치 아프게 대출은 왜 받아요? 서포트비로 산 거예요."

"서, 서, 서, 뭐라고요? 그게 뭐예요?"

진주구슬이 이수종과 사람들을 번갈아 바라봤다. 그때 나도희가 나섰다.

"팬들이 연예인의 활동을 돕는 데 필요한 돈을 모금하는데, 그걸 서포트비라고 해요. 행사를 하거나 방송을 할 때 현장에 커피 차나 도시락 차가 등장하잖아요? 그거 다 서포트비로 하는 거예요. 자기 연예인과 함께 출연하는 사람들 간식 같은 것도 챙겨주는데, 그것도 다 서포트비로 해요. 하지만 서포트비로 아파트를 사주었다는 말은 처음 들어요. 그러면 안 되는 건데. 서포트비는 연예인이 연예인으로 활동하는 일에만 쓰게 되어 있거든요."

나도희 팬카페에서도 딱 두 번 서포트비 계좌를 연 적이 있었다. 나도희가 서바이벌 오디션에 참가할 때였는데, 현장에 응원하러 가는 팬들에게 응원봉과 커피와 차를 대접하기 위해 돈을 모았었다. 이틀 동안 계좌를 열고 서포트비 모금을 했는데 일 인당 최고 오천 원 선에서만 내도록 정해져 있었고 내든 내지 않든 자유였다. 나도 서포트비로 아파트를 샀다는 말은 처음 들어본다.

"아니, 돈을 긁었다면서요? 그 돈은 다 어쩌고 팬들이 돈을 모아 아파트를 사줘요? 한강뷰 아파트를 사려면 대체 일 인당 얼마를 내야 하는 거야? 팬카페 회원이 몇 명이나 되었기에."

진주구슬이 입을 다물지 못하고 물었다.

"이제 됐네. 아, 물기가 서렸는데 닦이지가 않아 걱정했네. 팬카페 회원이 최고로 많을 때는 거의 이십만 명에 육박했지요. 하지만 인원이 중요한 건 아니에요. 앞에서 주도하는 회원이 어떤 사람인가가 중요한 거지요. 가수님한테 뭐 사주면 좋겠다, 가수님이 뭐가 없어서 불편하겠다, 이러고 게시글을 올리면 첫 댓글이 어떻게 달리느냐에 따라 승패가 좌우되지요. 저는 제 돈으로 산 거 별로 없어요. 이 시계는 해외에 나갔을 때 진짜 마음에 들어서 즉흥적으로 구입한 거지요. 나중에 갖고 싶다는 뉘앙스를 보여주면 다 알아서 내 손목에 채워주었을 텐데, 참지 못하고 내 돈으로 사고 말았지요."

이수종이 시계를 손목에 차며 말했다.

"팬들이 다 재벌들만 있었나 보네."

황명식 아저씨가 말했다.

"그건 아닙니다. 제 팬들은 대체로 나이가 지긋한 할머니들이셨는데 거의 평범했어요. 그분들, 자신들에게는 한없이 구두쇠지요. 평생을 그렇게 살아왔으니까요. 그래서 나이 들어 돈이 있어도 자신들을 위해서는 안 써요. 하지만 자신이 좋아하는 사람을 위해서는 신던 양말까지 다 벗어주지 못해 안달이에요. 그걸 보고 모성애라고 하지요. 김치를 직접 담가서 이고 지고 소속사로 오는 할머니도 있었어요. 갓김치가 먹고 싶다고 하면 갓김치를, 총각김치가 먹고 싶다고 하면 총각김치를, 매일 담가 왔지요. 어느 날엔 한강뷰 아파트를 가진 친구 집에 갔다 왔는데 너무 부럽다고 했더니 얼마 뒤에 진짜 한강뷰 아파트가 떡하니 생긴 거예요. 모성애의 힘은 태산도 옮긴다니까요."

이수종이 자랑스럽게 말하는 순간이었다. 갑자기 황명식 아저씨가 벌떡 일어나더니 이수종의 머리를 쥐어박았다.

퍽.

머리가 깨진 것은 아닌가 걱정이 될 정도로 이수종 머리에서 무지막지한 소리가 났다.

"이거 순 도둑놈이네. 아니지, 도둑놈보다 더하네. 이런 놈들을 보고 뭐라고 하지? 사기꾼? 아니야, 사기꾼은 아닌 것 같고. 아, 진짜 내 어휘력으로는 적당한 말이 떠오르지 않네. 어이, 학생."

황명식 아저씨의 오른손 검지가 정확히 나를 향했다.

"예?"

"이런 놈들을 뭐라고 부르냐?"

"글쎄요."

"너는 학생이 그런 것도 몰라?"

학생이라고 해서 그런 것까지 다 알아야 하나? 학교에서 저런 인간들을 뭐라고 부르는지 배운 적 없다.

"야, 너 인생 똑바로 살아. 젊은 놈이 어디 할 짓이 없어서 나이 든 노인네들 등쳐먹고 살아? 그 노인네들 중에 쪽방에 사는 노인네가 없을 거라고 누가 장담해? 쪽방에 사는 노인네도 노래를 좋아하면 가수도 좋아하겠지. 아이구야, 폐지 주워 팔아 한강뷰 아파트 사는 데 보태기도 했겠구나. 이야, 눈물 난다, 눈물 나. 노인 연금 받아서 보탠 노인들도 분명 있을 거다. 내가 이 나이 먹도록 이 사람 저 사람 별사람을 다 만나봤지만 너 같은 캐릭터는 구경해본 적이 없다. 아이구, 한심하다, 한심해. 새파랗게 젊다 못해 어린 놈이 왜 그따위로 살아? 노래 하나는 일품이더니만. 그 좋은 재능을 그따위로 써먹고 살아? 박박 긁은 돈은 모아서 뭐 하려고? 이불 만들어서 깔고 덮고 자냐? 그따위로 살지 마, 이 새끼야."

황명식 아저씨는 숨도 쉬지 않고 말했다. 중간에 끼어들어 무슨 말이라도 하고 싶은 듯 이수종은 붕어처럼 입을 뻐끔거렸지만 끼어들 새가 없었다.

"왜 이렇게 시끄럽나?"

그때 마천이 다가왔다.

"이놈이 아주 인생을 더럽게 살고 있어서 제가 교육 좀 시키는 중이지요."

황명식 아저씨가 기세등등하게 외쳤다.

"누가 누구를 교육해?"

"제가 이놈 인생 교육시킨다고요. 나이도 어린 놈이 인생을 참 더티하게 살지 뭐예요."

"너희 둘은 이미 죽었어. 죽었는데 무슨 인생 교육?"

"예?"

"너희 둘은 이미 죽었다고."

"아하, 맞아요, 죽었지요. 내가 흥분해서 깜박 잊고 있었네."

황명식 아저씨는 큰 깨달음을 얻은 사람처럼 고개를 끄덕였다.

마천이 혀를 끌끌 차며 돌아섰다.

"너도 그래."

황명식 아저씨가 갑자기 나에게 눈을 부라렸다.

"둘이 친구 아니냐?"

"예?"

"너랑 나도희인지 저 애랑 친구 아니냐고?"

황명식 아저씨가 생각하는 친구의 정의가 뭔지 정확히 알 수는 없으나 같은 학교에 다니고 있으니 친구라고 말해도 아주 틀린 말은 아닌 거 같았다.

"친구일 수도 있고 아닐 수도 있고, 아니, 친구라고 해두지요."

"너도 마천 닮아가냐? 말이 왜 그렇게 어려워? 아무튼 너는 여기저기 지방이 많이도 붙은 놈이 그러는 거 아니다."

지방이 붙었다고? 살이 쪘다, 몸무게가 좀 많이 나가겠다, 이런 평범한 말을 두고 왜 그따위로 말을 하는지 모르겠다. 기분 나쁘게. 날씬하다고 말하지는 않겠다. 그래, 나 뚱뚱하다. 그런데 내가 지방이 많이 붙어서 뭐? 그게 뭐?

"쟤 옷 좀 봐라. 얇은 옷 입고 바들바들 떠는 거 안 보여? 너는 긴 바지를 입었으면서 윗도리라도 벗어주는 게 친구로서의 도리 아니냐?"

"괜찮아요. 저는 남의 옷 안 입어요."

나도희가 인상을 썼다. 안 입으면 안 입었지 왜 인상을 쓰고 난리람. 내 옷이 더럽다는 말이야, 뭐야. 아이고야, 나도 절대 안 벗어줄 거거든. 나도 춥다. 어째 점점 더 추워지는 거 같다.

"빨리 벗어줘."

"괜찮다잖아요."

"인정머리 없는 놈."

황명식 아저씨는 혀를 끌끌거리며 한심하다는 듯 나를 쏘아봤다. 그러면서 자신이 옷만 제대로 입고 왔어도 당장 벗어줄 텐데 하필이면 민소매 셔츠 하나 달랑 입고 와서 벗어줄 수가 없다면서 안타까워했다.

그때 도진도 아저씨가 다가오더니 정장 윗도리를 벗어 나도희 어깨에 걸쳐주었다. 그러고는 아무 말 없이 앉았던 자리로 돌아갔다. 남의 옷 입는 거 싫다던 나도희는 아무 말도 하지 않았다. 그 모습을 보자 더 기분이 나빴다. 옷 받아 입는 것도 사람 봐가면서 한다는 거야, 뭐야.

"그런데 보아하니 남의 일에 참견을 많이 하시는 성격 같아요. 그런 성격이라서 살기가 더 고달팠을 거 같군요. 밥을 먹다가도, 잠을 자다가도 참견할 일이 있으면 벌떡벌떡 일어나 쫓아가셨지요?"

진주구슬이 황명식 아저씨를 바라봤다.

"오호. 어찌 그렇게 정확하게 알지? 아, 맞아. 분석가지? 나에 대한 분석이 끝났나 보군."

"하도 단조로운 사람이라 분석하는 데 시간도 별로 안 걸려요. 아저씨 같은 사람들에게 물건 파는 게 제일 쉬운데. 살았을 때 만났더라면 전국 여기저기에 묶여 있는 땅 좀 시원스럽게 팔았을 텐데."

"아저씨가 아니고 오빠!"

황명식 아저씨가 말을 바로잡아주었다.

핏빛의 눈을 가진 영혼들

4차 오디션에는 참가자가 없었다. 마천은 안타까워했다. 이런 식으로 기회를 집어삼켜 먹으면 후회한다고 말이다.

"잠깐만요."

머리가 산발인 아줌마가 손을 들고 일어났다.

"호, 혹시 회색 안개가 밀려왔을 때 그, 그거 보신 분 계세요?"

아줌마는 머리가 산발인 만큼 표정도 복잡해 보였다. 뭔가에 홀린 듯 보이기도 했고 겁을 잔뜩 먹은 거 같기도 했다.

"밑도 끝도 없이 그거라니요?"

황명식 아저씨가 물었다.

"이, 이곳을 떠, 떠도는 영혼이라고 하던데……. 아아아아아."

머리가 산발인 아줌마가 두 손으로 머리를 쥐어뜯

었다. 그러자 머리는 더욱더 엉망진창이 되었다.

"너, 너무 무서웠어요. 춥다면서 피, 피눈물을 철철 흘리는데."

"아, 진짜 뭔 소리를 하는 거예요? 꿈을 꾸었겠지. 그런 유언비어 퍼뜨리지 맙시다. 그렇지 않아도 싱숭생숭한데."

황명식 아저씨가 펄쩍 뛰었다.

"유언비어가 아니다. 마음이 약한 사람일수록 이 공간의 형상을 먼저 보게 되지."

마천이 심각하게 말했다.

그때였다. 검은 안개가 밀려왔다. 여태 밀려오던 안개보다 훨씬 더 짙고 차가웠다. 안개가 만든 바람은 삽시간에 강하고 매서워졌다.

바람이 살점을 파고들었다. 바람이 할퀴고 간 자리는 수천 개의 바늘로 한꺼번에 찔러대는 듯 따갑고 아팠다. 그리고 찔린 살 안에서는 서걱서걱 얼음 소리가 났다. 영혼이 동상에 걸릴 추위라던 마천의 말이 떠올랐다.

"너무 추워."

나도희 얼굴은 시퍼렇게 변해 있었다. 도진도 아저씨가 걸쳐준 옷을 꽁꽁 여몄지만 살점을 파고들며 피도 얼려버릴 것 같은 추위를 이겨낼 수는 없었다.

십육 년을 살면서 단 한 번도 체험해보지 못한 추위였다.

이러다 얼어 죽으면 어쩌나 공포가 밀려왔다. 그

생각을 하는 순간 정신이 번쩍 들었다. 나는 이미 죽었다. 여기에 있는 사람들도 이미 죽었다. 한 번 죽은 사람이 또 죽을 수는 없다. 그렇다면, 영원히 이 추위를 견뎌야 한다는 말이다. 그러자 공포는 배가 되었다.

'돌려보내달라고 할까? 나는 여기에 잘못 온 거잖아.'

문득 그 생각이 들었다.

곧장 자리를 박차고 일어났다. 더 생각할 필요가 없었다. 나는 마천에게 달려갔다. 마천과 사비는 추위를 느끼지 못하는 듯 너무나도 평온한 얼굴이었다.

"저, 저, 저는 아, 아니에요."

입이 얼어붙어 말이 제대로 나오지 않았다. 말을 할 때마다 얼음이 튀어나오는 것 같았다.

"저, 저는 스스로 죽음을 서, 선택하지 않았다고요."

"또 그 얘기니?"

"저, 저, 저, 좀 지, 집으로 돌려보내주세요."

"오류는 없다. 너는 이미 죽었다. 다시 살아나는 일 또한 절대 없을 거다."

마천은 단호하게 말했다.

그때 검은 안개가 거대한 파도처럼 소용돌이쳤다. 소용돌이의 힘은 대단했다. 내 입은 얼어붙어 더 이상 어떤 말도 할 수 없었다.

흑흑흑.

울음소리가 들렸다.

"마른 울음소리가 시작되었다. 영혼이 얼어간다는 증거지. 흠, 다들 서둘러야 하는데 답답하다."

마천이 괴로운 표정을 지었다.

"마천. 괴로워하지 마십시오. 우리가 할 수 있는 것은 이게 다입니다."

사비가 마천을 위로했다.

나는 검은 안개를 뚫고 자리로 돌아왔다.

몸이 얼어붙으면 감각이 없어지는 거 아닌가. 영혼이 얼기 시작하면 정신이 없어져야 하는 거 아닌가. 그런데 감각은 더 또렷하고 정신은 더욱더 맑아졌다. 그래서 더 추웠다.

나는 눈을 감았다. 눈앞에 우리 집이 떠올랐다. 따뜻한 침대, 김이 모락모락 나는 국, 옷장 안에 있는 오리털 점퍼. 아, 따뜻한 국물에 밥을 말아 먹었으면. 따뜻한 침대에 누워봤으면. 저 오리털 점퍼, 진짜 따뜻했지. 유행이 지났다고 처박아 둔 게 못내 후회가 되었다. 내가 두고 온 따뜻한 것들이 하나도 빠짐없이 모두 그리웠다.

그날 나도희를 만나지 않았더라면 이런 일은 일어나지 않았을 거다. 왜 하필이면 그 길로 갔을까. 집에 빨리 갈 일도 없었는데 뭐가 급하다고 지름길로 갔을까. 생각해보면 이게 다 일주 탓이다. 아침부터 재수없게 굴어서 이런 사태를 만들었다. 이제는 만날 수 없는 일주가 원망스러웠다. 그날 아침에 일주가 나를 긁지만 않았어도 아무 일도 일어나지 않았을 거다.

그래, 나 없으니까 잘 먹고 잘살아라. 나 때문에 비싼 학원도 못 다닌다고 그랬었지? 나 때문에 비싼 스니커즈도 못 산다고 그랬었지? 나 때문에 용돈도 토끼 꼬리 같다고 그랬었지? 온갖 것이 다 나 때문이라고 그랬었지? 이제 나 없으니까 좋겠다, 이 계집애야.

흑흑흑, 통곡을 하고 싶은데 울음소리가 나오지 않았다. 울고 나면 시원해질 거 같아서 울음소리를 내려고 애써도 소용없었다.

"5차 오디션을 시작하겠다."

검은 안개 속으로 마천의 목소리가 울렸다. 마천의 목소리를 기다렸다는 듯 안개는 순식간에 걷혔다. 안개가 걷히고 드러난 사람들의 모습은 피멍 든 듯 퍼렜다. 추위는 조금씩 수그러들었다.

"참가합니다."

"무엇을 하든 일단 해야겠습니다. 이런 추위와 맞서서 살아갈 수는 없어요."

"피, 피눈물을 흘리는 영혼들처럼 되고 싶지 않아요."

사람들이 앞다퉈 마천에게로 몰려나갔다. 5차 오디션에는 열세 명이 모두 참가했다.

누구는 노래를 부르고 누구는 춤을 추었다. 그리고 누구는 혼자 상황극을 했다. 언제 다시 닥칠지 모르는 추위의 공포는 모두의 마음을 급하게 만들었다. 나는 노래를 불렀다. 하지만 모두가 탈락이었다.

"분석가 양반, 5차 오디션까지 지났는데 그동안 분석한 거 없어? 마천이 원하는 게 뭔지 알아내지 못했느냐고? 아니, 심사위원들이 뭘 원하는지 알아야 제대로 준비라도 할 거 아니야."

황명석 아저씨가 진주구슬에게 물었다.

"그쪽은 제 분야가 아니라서 그런지 상당히 어려워요."

진주구슬은 힘없이 고개를 저었다. 도도하게 윤기가 흐르던 진주구슬의 뺨에는 모진 추위에 할퀸 자국이 퍼렇게 남아 있었다.

"그나저나 너는 좋겠다. 가죽 바지를 입고 있으니 얼마나 따뜻하고 좋으냐? 거기에다 반팔도 아니고 긴소매 셔츠라니. 이럴 줄 알았으면 겨울 외투를 입고 죽을걸."

황명식 아저씨가 이수종을 진심으로 부러워했다.

"이 가죽 바지는."

이수종이 무슨 말인가 하려다 군데군데 퍼렇게 멍든 얼굴을 두 손으로 박박 문지르며 입을 다물었다. 상당히 지친 표정이었다. 보나 마나 이런 말을 하려고 하지 않았을까. '이 가죽 바지로 말씀드릴 것 같으면 세계적인 브랜드로 각국의 왕손들과 내로라하는 스타들이 즐겨 입는 바지지요, 짐작하신 대로 유명한 디자이너가 송아지 가죽 중에서도 최고급 송아지 가죽으로 한 땀 한 땀 정성껏 만든 한정판 바지예요…….'

머리를 산발한 아줌마가 마천에게 다가갔다. 피눈

물을 흘리는 영혼을 봤다는 아줌마였다.

"우리가 경험한 그 추위는 대체적으로 몇 시간에 한 번씩 오는 건지요? 그리고 피눈물을 흘리는 영혼들이 출몰하는 시간도 따로 있는 건지요?"

머리를 산발한 아줌마는 가느다란 손가락으로 머리를 쓸어 넘기며 물었다. 드러나는 이마에는 퍼런 자국이 군데군데 흩어져 있었다.

"둘 다 예측할 수 없다. 영혼들은 지금 이 시각에도 여길 떠돌고 있지. 눈에 보이고 보이지 않고는 보는 이의 마음에 달려 있다. 한 가지 사실은 지금은 영혼이 보이지 않는 사람들도 시간이 지나면 영혼을 볼 수 있게 된다는 것이다. 시간이 지날수록 마음이 약해지니까. 그리고 저 넓은 허허벌판이 검은 안개를 만들고 검은 안개가 추위를 만들지. 어느 때는 그런 추위가 있었던 것을 까맣게 잊을 정도로 뜸하게 올 때도 있고 어떤 때는 수십 시간 동안 지속되기도 한다."

머리를 산발한 아줌마의 얼굴은 심하게 구겨졌다. 사람들 모두 인상을 썼다. 단 일 초도 경험하고 싶지 않은 추위를 수십 시간 동안 겪어야 한다니, 그런 끔찍한 일이! 사람들 눈은 공포로 가득 찼다.

"우리 회의 좀 합시다. 나는 이렇게 모진 추위와 맞서서 살 수는 없을 거 같아요. 어떻게 해서든지 여기에서 탈출하고 싶다고요. 다들 그런 마음일 겁니다. 벌써 5차까지 끝났어요. 6차 오디션부터는 좀 더 적극적으로 준비하도록 합시다. 내 생각에는 말이에요,

우리가 단체로 해보는 거는 어떨까 싶어요. 한 명 한 명 각개전투도 중요하지만 사실 가장 위급하고 답이 안 보일 때는 인해전술이 최고일 때도 있거든요. 그러니까 쉽게 말해서 우리가 단체로 나서면 심사위원들도 단체로 나올 거 아니오? 단체로 춤을 추고 노래를 부르고 온갖 것을 다 하면 그중 심사위원 한 명 정도는 감동시킬 수도 있을 거고 감동을 받으면 눈물도 흘리겠지요. 그렇게 합시다. 슬픈 노래에 슬픈 춤에 슬픈 랩에 온갖 슬픈 것을 한꺼번에 해대면 그럴 가능성도 크다고 보는데?"

황명식 아저씨가 말했다.

"심사위원 열세 명 중에 단 한 명만 눈물 흘리게 해도 된대요?"

진주구슬이 물었다.

"그렇지 않을까?"

"참 인생 쉽게 살아오셨네요. 분명히 각자 심사위원이 따로 있다고 말했잖아요. 그 말은 각자 자기의 심사위원을 울게 만들라는 말인데 그게 이해가 안 돼요?"

이수종이 한심하다는 듯 빈정거렸다.

"그래, 너는 그렇게도 이해를 잘하고 잘나서 할머니들 등쳐먹고 살았니?"

"여기서 그 말이 왜 나와요? 그리고 누가 등쳐먹어요? 나는 단 한 번도 뭘 해달라고 직접적으로 말한 적 없어요. 다 스스로들 좋아서 해준 거라고요."

"직접적으로 말하지 않았어도 간접적으로 뉘앙스를 풍겼을 거 아니야? 그게 더 나쁜 거야. 알아? 내가 진짜 궁금해서 묻는데 너 왜 죽었냐? 돈도 많고 너를 위해서라면 돈주머니 풀고 있는 사람들도 많은데 뭐가 아쉬워서 죽었느냐고?"

"참 나, 원. 돈이 계속 있었으면 내가 왜 죽었겠어요? 신기하게도 어느 순간 도깨비에 홀린 듯 내 옆에 있던 돈들이 비틀비틀 일어나더니 어디론가 가버렸어요. 그뿐이면 말도 안 해요. 천년만년 열려 있을 줄 알았던 돈주머니도 한순간 닫히더라고요. 정신없이 불러대던 방송국에서도 어느 날부터인가 연락이 뚝 끊겼어요. 멘붕이 왔어요. 내가 뭘 어떻게 해야 하는 건지 알 수 없었지요. 살아갈 자신도 없었고요. 아, 내가 지금 무슨 말을 하고 있는 거야, 쪽팔려."

이수종이 정신없이 떠들어대다 아차 싶은지 입을 다물었다.

"한강뷰 아파트는? 밴하고 스포츠카는?"

"예전에 있었다 이 말이지요."

에라, 이 새끼야. 황명식 아저씨가 주먹을 들어 올리다 내렸다.

"사는 게 자신 없어서, 그래서 죽었냐? 어떻게 인생에 진지함이 없어? 온통 다 남들이 끌어주고 밀어주는 인생이었구먼. 뭐 하나 저 스스로 하려는 게 없었고 말이야. 한심하다, 한심해. 그렇다고 죽냐?"

"내가 무슨 이유로 죽든 황명식 씨랑 무슨 상관이

에요?"

"황명식 씨? 아저씨나 형님 같은 공손한 말 다 두고 얻다 대고 황명식 씨야?"

황명식 아저씨와 이수종은 지금 상황에 그다지 중요하지 않은 문제로 싸웠다.

"노래 실력을 보니 재능은 타고났던데, 그 실력으로 나이트클럽에 가서 노래 불러도 밥은 먹고 살았겠구먼."

"쪽팔리게 그걸 어떻게 해요?"

"먹고사는 데 쪽팔린 게 어디 있어? 내가 예전에 나이트클럽을 가봤는데 말이야. 머리털 나고 그런 곳에 가본 것은 처음이자 마지막이었지. 그런데 거기서 만난 무명 가수가 아직도 잊히지 않아. 노래를 엄청 잘 부르더라고. 듣자 하니 돈도 그럭저럭 벌고 말이야. 그럭저럭은 무슨, 우리 같은 사람들은 한 달 내내 뼈 빠지게 일해야 벌 수 있는 돈을 노래 몇 곡에 벌더란 말이지. 에라, 게을러터진 인간아. 겉멋만 팡팡하게 든 인간아."

"아, 진짜 나한테 왜 이래요?"

황명식 아저씨와 이수종의 싸움은 쉽게 끝나지 않았다. 그 바람에 6차 오디션에 대한 회의는 계속할 수 없었다.

"아, 진짜 여기 와서 이런 인간 만날 줄 알았으면 죽지 않았을 거다. 괜히 죽었네."

이수종이 말했다.

"나도 너 같은 인간 만날 줄 알았으면 안 죽었다. 진짜 괜히 죽었다, 이 호강에 겨워 요강에 똥 쌀 새끼야."

황명식 아저씨도 지지 않았다.

그들의 이유

사람들은 옹기종기 둘러앉았다. 그러고는 두런두런 이야기를 나누었다. 앞으로 오디션이 어떻게 진행될 거라는 예측과 무엇을 해야 좋을 것 같다는 의견들도 있었지만, 자신들이 살아온 이야기도 풀어놨다. 사람들이 한없이 다정해 보였다. 죽기 전까지는 전혀 모르던 사이, 그리고 기나긴 길을 걸어 여기에 올 때도 말을 섞지 않았던 사이, 그랬던 사이였는데 갑자기 다정해 보였다.

'서로 위로를 받고 싶은 거야. 어깨에 기대고 싶은 거지. 죽을 만큼 견디기 힘든 추위 때문일 거야. 어쩌면 이 끔찍한 곳에 영원히 남을 수도 있다는 불안감을 서로 이야기를 나누며 떨치는 거지.'

나는 그럴 거라고 생각했다. 누군가의 어깨에 기대고 싶으면 먼저 내가 무장 해제했다는 것을 보여주어야 한다. 그래야 상대편도 마음을 연다. 서로 마음이 열렸을 때 위로가 가능한 거다. 사람들은 자기를 보여주고 이 갑갑한 상황을 서로 위로받고 싶은 거다. 이 진리는 내가 담배를 처음 배웠던 날 터득한 거다.

2학년 2학기가 다 끝나가던 날, 삼촌이 하는 편의점 앞에서 우연히 마주친 3학년 선배는 보기만 해도 오금이 저리는 존재였다. 근방 세 곳의 중학교를 통틀어 최고의 주먹이라는 소문이 있었다.

"담배 한 갑 사와라."

3학년 선배는 담뱃값을 손에 쥐여주며 말했다. 의외였다. 소문대로라면 돈은 주지 않고 담배를 사오라고 해야 맞는데 말이다. 삼촌이 화장실에 간 사이 담배를 가지고 나왔을 때 선배는 없었다. 이걸 어떻게 해야 하나 복잡한 심경으로 고민하며 서 있는데 아스라이 비명이 들렸다. 직감적으로 그 선배와 연관된 일일 거라는 생각이 들었다. 담뱃값을 받지 않았다면 뒤도 안 돌아보고 도망쳤을 거다. 하지만 담뱃값 때문에 그럴 수는 없었다. 그러면 담뱃값을 들고 튄 놈이 되는 거고, 나중에 보복당할 빌미를 제공하는 거다.

무턱대고 서 있기도 그렇고 해서 비명이 나는 곳으로 천천히 걸어갔다. 그곳에 도착했을 때 싸움은 거의 막바지를 향해 달리고 있었다. 선배는 바닥에 큰 대자로 뻗어 있었고 정체를 알 수 없는 두 명이 발로 선배의 목을 조르고 있었다. 그야말로 공포의 현장이었다. 어정쩡하게 서 있다가 두 명 중 한 명과 눈이 마주치고 말았다. 눈이 마주친 그가 천천히 내게로 다가왔다. 머리부터 발끝까지 줄줄 흐르는 포스가 장난이 아니었다.

"지나가던 길이면 그냥 지나가시지. 뭔 구경났냐?"

눈을 저절로 내리깔게 만드는 섬찟한 눈빛, 섬뜩한 목소리. 고등학생 정도로 보였다.

"맞고 싶어서 그런가 보다."

발로 선배 목을 누르고 있던 다른 한 명이 말했다. 둘 다 나에게 한눈을 파는 사이 선배가 꿈틀거리며 오른손을 살짝 들고 엄지와 검지로 동그라미를 만들었다. 내게 보내는 사인인 것 같았는데 무슨 뜻인지는 알 수 없었다. 선배가 주먹을 쥐어 보이며 또 다른 사인을 보냈다. 아하! 일단 덤비라는 뜻? 나는 뒤로 몇 걸음 물러서며 다가오는 사람을 향해 발길질했다. 하지만 한순간 그 사람에게 제압당하고 두들겨 맞았다.

내가 두들겨 맞고 있는 사이 선배는 다른 한 명을 때려눕히고 나를 구출했다.

선배는 그날 나에게 담배를 가르쳐주며 학교생활에 대해 이것저것 물었다. 나는 그 부류의(그러니까 폭력이 일상인) 인간들을 별로 좋아하지 않기 때문에 마음을 터놓고 말하고 싶은 생각은 조금도 없었다. 그러나 선배가 나를 그 상황에서도 도망치지 않고 의리를 지킨 영웅으로 만들어가는 사이, 나도 모르게 마음을 열고 하루하루 아무 일 없이 살아가기 위한 나만의 투쟁기를 고백했다. 고해성사를 하듯 일상을 털어놓을 때마다 선배는 내 어깨를 두드려주기도 했고 한숨을 쉬어주기도 했다.

"야. 싸가지 네 동생 일주 그년, 우리 누나랑 비슷하네."

나는 선배가 일주를 시원하게 욕하는 순간 통쾌했다. 살얼음이 둥둥 떠 있는 사이다를 단숨에 들이켠 기분이었다.

생전 처음 담배 연기를 들이마시고 캑캑거리면서 나는 이 세상에 태어나 처음으로 속에 돌돌 뭉쳐진 말들을 꺼내 하나씩 허공으로 날려보냈다. 선배는 내 말을 다 듣고 나서 자신의 이야기를 했다. 선배도 나와 다를 바 없었다. 아니, 도리어 나보다 더 힘들게 하루하루 살아가고 있었다. 초등학교 4학년 때까지 아이들에게 따돌림받는 찌질이였는데, 그 찌질이를 탈출하기 위해 무술을 배우고 주먹을 키웠다고 했다. 그날 나는 선배의 놀라운 고백을 들었다. 주먹을 키우면 다 좋아질 줄 알았는데 그렇지도 않다고 했다. '어떻게 생각하면 찌질이였던 그때가 더 행복하지 않았나'라는 생각을 할 때도 있다고 했다. 그리고 가장 부러운 것은 아무 일도 일어나지 않는 하루하루를 보내는 거라고 했다.

아무 일도 일어나지 않는 하루하루.

그 공통점으로 그날 선배와 나는 아주 친한 사이처럼 많은 이야기를 나눴다. 이름만 들어도 많은 아이들이 설설 기는 선배와 내가 오래된 친구처럼 많은 이야기를 나눌 수 있었던 것은 오직 진실의 힘이었다. 솔직함의 힘이었다. 누군가와 진실로 친해지고 싶으면 솔직해져야 한다는 거였다.

"오늘 너를 만나서 진짜 좋았다. 이렇게 속 시원하게 하고 싶은 말을 한 것도 처음이고, 내가 하는 말을 들어주는 아이를 만난 것도 처음이야."

선배는 어려운 일이 있으면 언제든지 찾아오라고 했다. 하지만 선배가 졸업할 때까지 단 한 번도 찾아갈 일은 없었다. 주먹 쓰는 선배를 찾아갈 만큼 어려운 일이 없었기 때문이다. 하지만 내게 무슨 일이 생기면 '짠' 하고 나타나서 도와줄 사람이 있다는 것만으로도 든든했었다.

'고등학교에 가서 잘 지내고 있나?'

문득 선배가 궁금해졌다. 어쩌다 한 번쯤은 속 시원히 선배의 말을 들어줄 아이를 만났으면 좋겠다는 생각이 들었다. 그리고 선배를 한 번 찾아가서 새로운 이야기를 들어줄걸 하는 후회도 되었다.

사람들은 릴레이를 하듯 자신의 이야기를 했다. 이야기가 길어지자 각자 죽음을 선택한 이유도 슬슬 나오기 시작했다.

"왜요?"

황명식 아저씨가 자기 이야기를 하고 있을 때 진주구슬이 이해가 안 된다는 듯 물었다.

"구구절절 내 사연을 다 말했는데 왜라니? 여태 내가 했던 말을 못 들었나?"

"아니, 들었지요. 아주 진지하게 들었어요. 그런데 도무지 아저씨, 아니 오빠의 행동이 이해되지 않아요. 그러니까 아파트를 짓는 현장에서 일했는데 안타깝게도 일한 돈을 받지 못했다는 말이잖아요?"

"열두 명이. 열두 명은 왜 빼먹어? 열두 명이 중요한 거야."

"열 명이든 열두 명이든 인원수가 중요한 거는 아니지요. 가장 중요한 건 아저씨, 아니 오빠가……. 아휴, 왜 이렇게 오빠라는 말이 입에 안 붙지? 아무튼 오빠가 다른 사람들을 대표로 죽었다는 말이잖아요? 세상에 그런 멍청한 짓이 어디 있어요. 오빠가 뭔데 그 사람들 대표로 죽어요?"

"그러게, 도무지 이해할 수 없네."

이수종이 맞장구쳤다.

"아이구야. 너 같은 이기주의자가 나의 깊은 뜻을 어찌 알겠냐?"

황명식 아저씨가 한심하다는 듯 이수종을 바라봤다.

황명식 아저씨는 열두 명을 대표해서 죽었다고 했다. 황명식 아저씨를 포함한 열두 명은 공사 현장에서 일하고도 임금을 받지 못했다고 했다. 그래서 황명식 아저씨가 대표로 죽었단다. 죽는 것에도 대표가 있다는 말은 처음 들었다.

"열두 명인 게 중요하다니까 왜 자꾸 그게 중요한 게 아니라고 그러나? 돈을 못 받은 사람이 열한 명인 걸 알았을 때만 해도 나는 죽음으로 우리의 억울함을 토로할 생각은 조금도 없었다니까. 그래, 내 돈 떼어 처먹고 얼마나 잘사나 보자. 그 돈 삼키다 급체나 해라. 급체로 뒤지면 더 좋고, 이러고 말려고 했지. 그런데 열한 명이 회사로 사장을 찾아갔다가 사장을 만나지 못하고 돌아올 때 말이야, 그 노친네를 만났다니까. 노친네가 임금을 받지 못했다고 닭똥 같은 눈물을 뚝뚝 흘릴 때 피가 거꾸로 솟는 듯했다니까. 자기 몸도 제대로 가누지 못하는 노친네가 며칠을 죽도록 일하고도 돈을 받지 못했다니, 그런 일에 분노하지 않으면 무슨 일에 분노할 건가? 열두 명은 그날부터 회사 입구에 죽치고 앉아 사장을 기다렸지. 하지만 기다리면 뭐 하나. 사장은 나타나지 않고 그 건물을 드나드는 사람들도 우리를 벌레 취급했지. 돈 몇 푼에 저러느냐고 숙덕거리는 소리도 들렸어. 돈 몇 푼이라니. 우리에게 그 돈은 쌀이고 반찬이야. 생명이라고. 참을 수가 없었지."

"그렇다고 죽어요? 그깟 일로?"

"그깟 일? 그러는 구슬 씨, 댁은 나라를 구하다 죽기라도 했어? 얼마나 대단한 일로 죽었는지 말이나 들어보자고."

황명식 아저씨 말에 진주구슬의 표정이 갑자기 우울해졌다. 진주구슬은 허공을 보며 한숨을 토해낼 뿐

입을 굳게 다물었다.

"여기 열세 명 중에 서럽지 않은 죽음이 어디 있겠어요."

머리를 산발한 아줌마가 중얼거리듯 말했다. 그러자 분위기가 엄숙해졌다.

"에이, 별거 있겠어요? 투자했던 부동산이 폭락했다거나 사기를 당했다거나 그 정도 이유겠지요."

이수종이 엄숙한 분위기를 깼다.

"이것 보세요. 댁은 어떻게 모든 걸 다 댁의 입장에서 판단하세요? 세상 사람들 모두가 돈에 휘둘리지는 않아요."

진주구슬이 상당히 기분 상했다는 얼굴로 쏘아붙였다.

"왜 소리를 지르고 그래요? 입만 열면 '살았을 때 만났더라면'이라고 했잖아요? 살았을 때 나와 황명식 씨를 만났더라면 돈을 더 많이 벌 수 있었을 텐데 그러지 못한 게 아쉽다는 뉘앙스를 풍겼잖아요? 댁이 했던 말을 토대로 예측한 건데, 그게 그렇게도 억울한 말입니까?"

"그거야 내 직업의식이 나도 모르게 튀어나온 거지요."

바람이 불었다. 그 바람이 혹시라도 검은 안개를 불러들일까 두려웠다. 사람들은 바람이 불 때마다 한 번씩 흠칫흠칫 놀랐다.

"아무래도 바람이 심상치 않아요. 자, 각자의 사연

은 천천히 알아도 되고 또 몰라도 상관없는 거니까 여기서 멈추도록 하고, 이제 중요한 일을 상의합시다. 6차 오디션에서는 각개전투를 할 것인지 인해전술로 나갈 것인지 다시 한번 생각해봅시다. 어이, 형씨. 처음에는 이 길을 통과하는 일에 적극적인 거 같더니 왜 지나치게 잠잠해졌지요? 형씨 의견도 좀 들어봅시다."

황명식 아저씨가 도진도 아저씨를 바라봤다.

"적극적이든 소극적이든 지금 그게 중요한 게 아니지 않습니까? 길을 통과하는 방법은 오직 하나, 오디션에 합격하는 거라고 하지 않았소? 이 현실에서 내가 적극적으로 할 수 있는 게 뭐가 있겠소. 노래로 어렵다는 건 이수종 씨와 저기 나도희 학생이 증명해주었고, 춤으로 도전하는 것 역시 결코 쉬운 일이 아니라는 것도 이미 깨달았소. 적극적이지는 않지만 나도 생각 중이니 자꾸 방해하지 마시오. 참고로 나는 인해전술은 하지 않을 겁니다. 인해전술이란 수와 양으로 밀어붙이는 것. 이 오디션은 그렇게 만만한 게 아니요. 시간 낭비일 뿐이지."

도진도 아저씨의 목소리는 차분했다.

"그럼 어떻게 하면 좋겠소?"

황명식 아저씨가 물었다.

"생각, 생각 중이니까 제발 방해 좀 그만하시오."

도진도 아저씨가 소리쳤다.

"점잖은 척하고 있지만 성질머리가 보통이 아니

군. 아무튼 나는 내 생각대로 한번 해봐야겠어. 여러분! 여러분 중에 나와 함께 인해전술로 도전하실 분 손 들어보세요. 손 놓고 앉아 있느니 뭐라도 해봐야지요. 언제 또다시 추위가 닥칠지 모릅니다. 또 끝내 여기를 벗어나지 못하고 수시로 그 추위와 싸워야 할 수도 있습니다. 생각만 해도 끔찍하지 않나요?"

"곧 모두들 내가 본 영혼들의 모습도 보게 될 거예요. 그 생각만 하면, 아아아아~ 각개전투든 인해전술이든 할 줄 아는 게 없는 나로서는 도전할 자신이 없군요. 혼자서도 못 하고 인해전술을 하자니 남에게 피해만 줄 것만 같아요."

머리를 산발한 아줌마가 괴로워했다.

"저는 인해전술에 도전해볼래요."

진주구슬이 손을 들었다. 나도희도 들었다. 나도희가 손을 드는 바람에 나도 엉겁결에 손을 들었다.

"같이 안 할 건가?"

황명식이 이수종에게 물었다.

"저는 수준 떨어지는 행동은 하지 않습니다. 여기에 왜 나도희가 나서는지 그게 안타까울 뿐입니다."

"수준 같은 소리 하고 앉아 있네. 어차피 다 같이 죽은 처지야. 돈이고 명예고 모든 것은 다 세상에 두고 왔어. 살던 세상에서나 가수였지, 여기서는 그저 죽어서도 가고 싶은 곳에 못 가고 있는 불쌍한 사람일 뿐이라고. 제 주제를 알아야지. 싫으면 관둬. 억지로 하라는 말은 하지 않을 테니까."

황명식 아저씨는 나와 나도희, 진주구슬을 호젓한 곳으로 데리고 갔다. 생각해보니 황명식 아저씨가 외치는 인해전술이 아주 황당한 주장만은 아닌 거 같았다. 특히 황명식 아저씨와 진주구슬 그리고 나도희와 한 팀이 된다는 것은 신의 한 수였다. 진주구슬은 대학에서 무용을 전공했고, 황명식 아저씨는 드럼을 칠 줄 안다고 했다. 먹고사느라고 바빠서 텔레비전 볼 시간도 없이 살았지만 평생 단 하나 취미를 만든 것이 있는데 그게 바로 드럼이란다. 단 하나의 취미가 이렇게 요긴하게 쓰이게 될 줄은 몰랐다며 황명식 아저씨는 흥분했다.

황명식 아저씨는 사비에게 드럼을 제공해달라고 요구했다. 사비는 당장 드럼을 가져다주었다.

"참 신기하지. 뭐든 원하는 거는 척척 가져다주잖아? 어디에 도깨비방망이라도 숨겨 놨나?"

나도희의 랩에 맞춰 황명식 아저씨가 드럼을 치고 진주구슬이 춤을 추기로 했다. 나도희는 슬픈 가사를 새로 쓰기로 했고 진주구슬은 가사에 맞는 춤을 만들기로 했다.

"너는 그냥 뒤에서 엉덩이나 살살 흔들어라. 세 명이 전문가 실력이면 한 명 정도야 살살해도 상관없어."

뭘 해야 하나 고민하고 있는데 황명식 아저씨가 말했다.

전문가 실력이라고 큰소리치던 황명식 아저씨의

드럼 실력은 그저 그랬다. 홍은 살아 있는데 꼭 한 박자씩 어긋났다.

"이래서 정규 교육이 중요해요. 정규 교육을 받으면 박자 음정은 정확한 법이거든요."

진주구슬이 한마디 하는 바람에 황명식 아저씨가 발끈해서 연습이 중지되었다. 그래, 나 못 배웠다, 중학교도 겨우 나왔으니까. 그래서 뭐? 내가 못 배워서 남에게 피해 준 적 있냐? 나만큼 법이면 법, 도덕이면 도덕, 규칙이면 규칙 정확하게 지키고 산 사람 있으면 나와보라고 해라, 소리치는 황명식 아저씨에게 진주구슬은 말했다. 오빠는 쿨한 척하면서 사실은 학력이라는 열등감에 쩐 사람이라고, 진짜 쿨한 사람은 절대 그렇게 말하지 않는다고 말이다.

"지금 그게 중요한 게 아니에요. 우린 다 죽었다고요. 현실을 직시하세요. 제가 가사를 새로 썼는데 들어보세요."

나도희가 새로 썼다는 가사로 랩을 하는 순간, 한 소절을 듣자마자 나는 그 가사가 새로 쓴 것이 아니라는 것을 알아차렸다. 금정호가 쓴 가사라며 사진으로 찍어 카페에 올라온 바로 그 가사였다.

'모른 척하자. 가사를 새로 썼느냐 쓰지 않았느냐가 중요한 게 아니니까.'

중요한 건 심사위원을 울게 만드는 거다.

진주구슬이 나도희 랩 가사에 맞는 춤을 만들었다. 무용을 전공했는데 돈 들여 공부한 것을 집어치우고 왜 부동산 중개인이 되었는지 알 수 있었다. 진주구슬이 만든 춤은 초등학교 학예회 무용처럼 조잡하고 유치했다. 두 팔을 번쩍 들고 반짝반짝하는 것은 기본이었다. 랩 한 곡에 그 동작은 거의 열 번 가까이 나온 거 같다. 거기에다 허리에 손을 올리고 몸을 오른쪽 왼쪽으로 흔들지를 않나, 서로 손을 잡고 뱅글뱅글 돌지를 않나, 한 동작 한 동작이 약속이나 한 듯 유치의 극치를 달렸다.

"이게 정규 교육의 힘인가?"

황명식 아저씨가 중얼거리며 비아냥댔다.

"팀명은 뭐라고 해요?"

진주구슬은 황명식 아저씨의 비아냥거림을 못 들은 척 물었다.

"나도 막 팀명이 있어야 하지 않나 그 생각을 했는데 텔레파시가 통했군. '사 남매' 어때?"

"사 남매요? 우리 넷이 남매는 아니잖아요?"

황명식 아저씨가 제안한 사 남매라는 팀명이 진주구슬은 영 마음에 들지 않는 모양이었다.

"그래도 나쁘지는 않은 거 같아요."

나도희가 말하자 진주구슬은 그러면 그냥 그걸로 하자고 했다.

"너는?"

황명식 아저씨가 나에게 물었다.

"아무거나 해요."

"야. 좋으면 좋다, 싫으면 싫다고 해야지 아무거나

하라니. 너는 어떻게 네 생각이라는 게 없냐, 응? 그렇게 소신이 없으니까 남 죽을 때 엉겁결에 죽지."

내가 엉겁결에 죽은 건 소신하고는 아무 상관이 없다.

"내가 엉겁결에 죽은 걸 믿어주기는 하는 건가요?"

다른 걸 다 떠나서 나는 그게 반가웠다.

"내가 믿든 안 믿든 그게 뭐 중요해? 마천인지 뭔지 저자가 안 믿는데. 자, 그럼 사 남매로 정한다. 사 남매! 우리 넷을 끈끈한 관계로 맺어주는 팀명이지 않나? 어려울 때, 벼랑 끝에 서 있을 때 맺어지는 관계가 진짜 소중한 관계이고 끈끈한 관계지. 조금 전까지 서로의 마음을 불편하게 만들었던 말들은 싹 잊어버리고 우리 저쪽 세상에 가도 우정은 잊지 말자."

황명식 아저씨가 힘주어 말했다.

탈락 또 탈락 그리고 다시 탈락

6차 오디션은 도진도 아저씨만 제외하고 모두 참가했다. 오디션에 참가하는 자세는 다들 진지하고 간절했다. 하지만 한 사람 한 사람의 도전이 끝날 때마다 마천은 탈락을 외쳤다.

"다음은 사 남매."

챙챙챙!

드럼을 신호로 나도희의 랩이 시작되었다.

언젠가 우린 이 길을 가야 해. 뭐 어때, 거칠고 힘든 길인 거 다 알고 있어. 힘들지만 힘든 표 내지 않는 우린 프로, 프로.

언젠가 우린 이 길을 다시 가야 해. 뭐 어때, 친구가 바뀌었을 수도 있어. 낯설어도 낯선 표 내지 않는 우린 프로, 프로.

나도희의 랩은 언제나처럼 낮은 산등성이를 자유롭고 편안하게 넘는 듯했다. 앞을 가로막는 바위도 없고 발길을 잡는 잡풀도 없었다.

우린 프로, 프로.

나도희의 랩에 나는 성의껏 몸을 흔들었다. 몸을 흔들며 가사를 음미했다. 예전에는 몰랐는데 가사가 예술이었다.

챙챙챙!

황명식 아저씨의 드럼 소리로 모든 게 끝났다.

"탈락."

마천이 감정이라고는 하나도 들어가지 않은 목소리로 외쳤다.

"도대체 원하는 게 뭐야? 뭘 어떻게 해야 합격이냐고?"

황명식 아저씨는 마천에게 삿대질을 하다가 그래봤자 소용없다는 걸 깨달았는지 자리로 들어와 앉았다.

"인해전술도 별거 아니네요."

이수종이 비꼬듯 말했다.

"그냥 다 포기합시다. 정해진 시간을 차버리고 왔다고 복수를 꿈꾸는 게 확실해요. 더 이상 마천의 농간에 놀아나지 맙시다. 마천은 지금 우릴 보면서 속으로 엄청 고소하게 생각하고 있을 거예요."

누군가 말했다.

“내 생각도 그래요. 해봤자 소용없어요. 마천은 우릴 도와주려고 하는 척 천사의 가면을 쓴 악마예요.”

누군가 악마라고 말하며 한숨을 쉬었다.

분위기는 침울했고 그 분위기에 맞추려는 듯 검은 안개가 서서히 몰려오고 있었다. 검은 안개를 보자 사람들은 소스라치게 놀라 몸을 웅크렸다.

쐐애애앵.

두 번째 추위는 첫 번째와는 비교가 되지 않았다. 머리카락 한 올 한 올이 빳빳하게 서고 빳빳하게 선 머리카락이 얼어붙었다. 몸은 살짝 치기만 해도 깨질 정도로 꽝꽝 얼었다. 얼어붙은 몸은 도리어 예민해졌다. 작은 세포 하나하나가 곤두섰고 그 세포 속으로 바람이 칼날처럼 파고들었다.

“죽고 싶어.”

나도희가 말했다.

“이미 죽어서 또 죽을 수 없어.”

나는 나도희가 추위 때문에 깜박 잊은 거 같아 한마디 했다.

“누가 그걸 몰라? 너는 위로는 못 해줄망정 꼭 그런 식으로 말하니?”

사실을 사실대로 말하는데 뭐가 문제냐, 내가 그렇게도 만만하냐, 왜 성질이냐고 말하고 싶었지만 그런 곳에 쓸 에너지가 없었다. 추위와 맞서기에도 역부족이었다.

검은 안개를 헤치고 마른 울음소리가 들렸다. 나도 같이 울어야 할 거 같았다. 하지만 이상하게 울어지지가 않았다.

'왜 안 울어지는 거지?'

숨을 들이쉬며 으흐흑 소리 내고 싶은데 가슴 저 안에서 나오던 소리는 목구멍을 채 넘지 못하고 사그라들었다. 이유를 도무지 알 수가 없었다.

문득 「귀곡 산장의 슬픔」이라는 영화가 생각났다. 어느 여름날, 이불을 뒤집어쓰고 봤던 영화인데 억울한 귀신들이 총출동한다. 그러나 영화를 보는 두 시간 동안 나는 귀신들의 억울함에 공감하지 못했다. 귀신들의 사정을 들어보고 어쩌고 할 상황이 아니었다. 잠시만 마음을 놓고 있으면 '지금 편안한 마음?' 하며 비꼬듯 귀신들이 울고불고 설쳐댔다. 영화를 보고 나서 울음소리 외에는 머릿속에 남은 게 없었다. 우연히 어떤 영화평론가의 리뷰를 봤는데, 그는 귀신들의 억울한 사정에 집중했다. 그리고 그들의 억울함에 공감했다. 영화평론가의 말이 맞는다면 그 영화는 실패작이었다. 영화는 전문가들만 보는 게 아니다. 적어도 귀신들과 공감하길 원해 영화를 만들었다면 스토리에 집중할 수 없게 만드는 그놈의 울음소리를 줄여야 했다고 생각했다. 그러나 지금 생각해보니 울음소리가 문제가 아니었다. 나는 귀신들의 사정에 귀 기울이지 않았다. 그래서 공감하지 못했다. 내가 지금 울어지지 않는 게 이 사람들과 뭔가 다른 점이 있어서인가? 그런 의문이 들었다. 그렇지 않고서야 다들 우는데 나만 울어지지 않을 수는 없다.

"으으으으으으으."

나도희가 마른 울음 끝으로 신음 소리를 냈다. 밖으로 드러난 나도희의 맨발이 빨갛게 얼어 있었다. 빨갛게 언 발은 곧 퍼렇게 멍이 들 거다. 도저히 그냥 보고 있을 수가 없었다.

"에이, 씨발."

나도 발이 시린데 양말을 벗어주는 게 어쩐지 억울했다. 그걸 그저 보고 넘기지 못하는 약해빠진 마음이 한심하기도 했다. 그래서 나도 모르게 욕이 나왔다.

나도희는 내가 내민 양말을 물끄러미 바라봤다. 더러워서 안 받나? 고린내 날까 봐? 뭐 싫으면 관두고, 이러면서 도로 신으려고 하는데 나도희가 양말을 낚아채갔다.

"주려면 기분 좋게 주지, 왜 욕은 하고 지랄이람."

나는 양말을 신고 있는 나도희를 바라봤다. 학교에서는 멀찌감치에서나 볼 수 있었던 나도희. 카페에 'to 팬님들'이라는 편지라도 던져놓으면 벌떼처럼 달려드는 팬들 때문에 감히 댓글 하나 달 수 없을 정도로 잘나고 멀게만 보였던 나도희. 그런 나도희가 내 양말을 신고 있다는 걸 아이들이 알면 뭐라고 할까. 부러워하겠지? 질투하는 놈도 있을 거고.

"뭘 보니? 양말 신는 거 처음 봐?"

나도희가 쏘아붙였다. 왜 나한테 그러느냐고 한마디 하려다 참았다. 나도희 입장에서는 제가 보기에 보잘것없는 아이의 양말을 신는 게 쪽팔리기도 하고 자존심도 상하겠지. 그래, 알겠다, 알겠어. 마음 넓은 내가 이해하마.

그때였다. 검은 안개 속에서 손 하나가 불쑥 튀어나오더니 내 팔을 움켜잡았다. 나는 한마디 비명도 지르지 못한 채 손에 끌려갔다.

검은 안개 속으로 얼마나 걸어갔을까. 정체를 알 수 없는 손이 드디어 내 팔을 놓았다.

"안개가 걷히기 전에 빨리 말할 테니까 듣기만 해라. 일단 내가 한 말은 누구에게도 말하지 않겠다고 약속해라."

목소리는 빠르게 말했다. 어디서 많이 듣던 목소리였다.

"약속할 수 있지? 나는 아주 중요한 비밀을 알고 있다."

누구 목소리일까, 기억을 더듬었지만 또렷하게 떠오르는 얼굴은 없었다. 하지만 비밀이라는 말에 궁금증이 일었다.

"약속해요."

"좋다. 너는 여기에 있는 사람들 모두를 구할 수 있다. 길을 통과하게 만들 수 있다는 말이야."

이건 또 무슨 소리? 자다가 봉창 두드리나?

"혹시 사람을 잘못 보신 거 아닌가요? 안개가 너무

짙어서 그럴 수도 있겠네요. 저는 나일호입니다. 나일호는 랩을 하던 나도희 옆에 붙어 다니는 그 아이예요. 아까 사 남매 오디션 때 맨 뒤에 서서 엉덩이를 흔들던 그 아이요."

"알고 있다. 나도희를 구하려다 같이 옥상에서 떨어졌다고 주장하는 아이, 나일호."

"주장만 하는 게 아니고 사실이에요."

"알고 있다, 사실이라는 것도. 그래서 너하고 은밀한 대화를 나누려고 검은 안개를 이용해서 이리로 데리고 온 거다."

그때였다. 검은 안개가 서서히 걷히기 시작했다. 안개가 걷히는 속도는 빨랐다. 순식간에 눈앞이 환해졌다.

내 앞에는 아무도 없었다. 나는 사람들과 백 미터 정도 떨어진 곳에 혼자 서 있었다.

'누구지? 목소리가 생각날 듯 말 듯 하네.'

나는 머리 양쪽을 두 손으로 잡고 집중했지만 목소리의 주인공이 누군지 떠오르지 않았다. 도대체 누군데 내가 억울하다는 걸 알고 있을까. 그리고 은밀한 대화란 뭘까. 내가 여기에 있는 사람들을 구할 수 있다는 말은 또 무슨 말이람. 짧은 순간에 꼭 꿈을 꾼 거 같았다.

검은 안개가 머물다 지나간 자리는 처참했다.

나도희를 차마 정면으로 볼 수 없었다. 꽝꽝 얼었다가 서서히 녹기 시작하는 나도희 얼굴은 그동안 봐

온 나도희 얼굴이 아니었다. 아아, 사람의 얼굴이 어떻게 저렇게 변할 수 있나. 거대한 공포가 해일처럼 밀려왔다.

나는 마천에게 달려갔다. 첫 번째 추위가 몰려왔던 그때처럼 마천과 사비는 여전히 편안한 얼굴이었다. 나는 편안한 얼굴로 앉아 있는 마천을 쏘아봤다. 사람들의 몰골이 저 지경이 되어가는데 어쩜 저리 편안할 수 있을까.

'마천은 자신을 배신한 사람들에게 복수를 하고 있는 거야. 천사의 가면을 쓰고.'

친한 척, 같은 편인 척하는 사람들이 뒤통수를 치면 더 아프고 더욱더 치명적이다.

어디에나 천사의 가면을 쓰고 '같은 편이야' 하며 들어오는 적군이 있다. 나도희 팬카페만 해도 그랬다. 팬인 척하고 카페에 들어오는 안티들은 처음부터 자신들의 얼굴을 대놓고 보여주지 않는다. 진짜 팬인 척 게시글에 맞장구를 치고 동조한다. 그러면서 아주 자연스럽게 모습을 드러낸다. 중요한 것은 한꺼번에 자신의 모습을 왕창 다 보여주지는 않는다는 것이다. 진짜 팬들이 우왕좌왕하는 모습을 보고 즐기며 아주 천천히 서서히 그 모습을 드러낸다. 지금 상황이 딱 그렇다. 마천은 서서히 더 무서운 모습을 드러낼 거다.

"이불이라도 나눠주시지요. 복수가 중요해도 인정상 이러면 안 되지요."

나는 마천에게 말했다.

“복수?”

마천의 짙은 눈썹이 용트림을 했다.

“천사의 가면을 쓴 악마인 거 다 알거든요.”

“악마?”

“아, 됐고요. 이불이나 좀 나눠주세요. 적어도 인정이 눈곱만큼이라도 있다면 그래야 하는 거 아닌가요? 저 사람들 얼굴을 좀 보세요.”

“이불을 뒤집어쓰고 있으면 추위가 덜할 줄 아냐? 천만에. 이불을 뒤집어쓰든 쓰지 않든, 두꺼운 옷을 입든 얇은 옷을 입든 여기에 있는 사람들이 느끼는 추위는 똑같다. 혹독하겠지. 모질기도 한 추위겠지. 그러나 어쩔 수 없다. 그나마 너는 다른 사람들이 느끼는 추위보다 삼분의 일밖에 느……”

“마천님.”

사비가 황급히 마천의 말을 끊었다. 마천이 당황하며 입을 다물었다.

“아무튼 이불 같은 건 소용없다. 어서 자리로 가라.”

사비가 급하게 말했다.

“진짜 그러는 거 아니에요. 도와준다는 말을 했으면 눈에 보이게 도와주어야지요. 에이, 악마들.”

“어이, 나일호.”

자리로 돌아가는데 황명식 아저씨가 손가락을 까닥였다. 황명식 아저씨 가까이 다가갔을 때 차마 고개를 들 수가 없었다. 황명식 아저씨 얼굴은 나도희와 다를 게 없었다.

"참 이상하다."

황명식 아저씨가 내 얼굴을 빤히 쳐다봤다.

"네 얼굴은 왜 이렇게 말끔하냐? 다른 사람들은 다 퍼렇게 변했는데 너만 혈색도 좋고 멀쩡하다."

"제가요?"

나는 손으로 내 얼굴을 더듬었다. 감촉으로는 얼굴의 상태를 알 수 없었다.

"어차피 죽은 거, 퍼런색이 되든 노란색이 되든 상관은 없는데……. 너만 멀쩡한 거는 좀 이상하다."

황명식 아저씨는 계속 이상하다고 말했다.

오류

쏴아아.

비가 쏟아지기 시작했다. 빗줄기는 시간이 갈수록 강해졌다. 몸을 피할 곳 하나 없는 허허벌판에서 사람들은 온몸으로 비와 맞섰다.

"여태 살면서 이렇게 쏟아지는 비는 처음 봐요. 아주 세상을 말아먹게 생겼네요."

이수종이 애벌레처럼 몸을 웅크리며 말했다.

"나도 이런 비 처음 구경해본다. 진짜 가지가지 한다, 가지가지 해. 추운 것만으로도 사람 환장하겠는데 물에 빠진 생쥐 꼴이네. 이렇게 젖은 상태에서 그 지독한 추위가 몰려오면 어쩌냐? 그럼 우리 다 아이스크림, 아니다, 아니다, 끔찍한 생각은 하지 말자."

황명식 아저씨 얼굴이 일그러졌다.

"저는 이런 비 구경해본 적 있어요. 칠 년 전인가, 어마어마한 비가 내린 적이 있거든요. 단 한 시간 만에 도시 전체가 쑥대밭이 되었지요."

진주구슬은 칠 년 전, 그 비 때문에 죽을 뻔했다고 했다. 당시 진주구슬은 부산에 살고 있었는데 지하철을 타려고 지하철역으로 내려갈 때까지만 해도 계단에는 빗물이 줄줄 흘러내리는 정도였다고 했다. 그런데 단 몇 분 만에 상상조차 할 수 없는 일이 일어났다고 했다.

단 몇 분간 집중적으로 퍼붓던 비는 마침 만조와 맞물렸다. 물은 빠지지 않았고 도시를 집어삼켰다. 네온사인이 번쩍이는 도시의 넓은 거리를 출렁거리던 물은 삽시간에 계단을 타고 지하로 흘러가기 시작했다. 지하철역은 해일처럼 밀려드는 빗물에 아수라장이 되었고, 서로 지하에서 탈출하기 위해 그야말로 목숨을 건 사투가 시작되었다. 진주구슬도 간신히 지하에서 빠져나왔다. 그날 그 지하철역에서 한 명이 사망하고 여러 명이 다쳤다고 했다. 오도 가도 못하는 상태로 역 근처에서 잠을 자고 다음 날 집에 돌아갔을 때는 더 충격적인 사건이 기다리고 있었다. 벼르고 벼르고 또 벼르고 망설이고 망설이고 다시 망설이다 큰마음 먹고 산 외제차. 혹시 흠집이라도 생길까 봐 아까워서 제대로 타고 다니지도 못하고 아파트 지하 주차장에 고이 모셔둔 그 외제차가 지하 주차장을 덮친 빗물에 잠기고 말았던 거다. 그냥 잠긴 정도가 아니라 지붕 끝까지 아주 폭삭 잠겼단다.

"차라리 그날 지하철역에서 빠져나오지 않았더라

면 지금과 같은 처참한 꼴은 당하지 않았을 텐데 안타깝네요."

이수종이 말했다.

"어쩜 그렇게 말도 얄밉게 해요. 안 죽은 게 안타깝다고요?"

이수종이 하는 말이 딱히 틀린 말은 아니었지만 당사자 입장에서는 들어서 기분 좋은 말은 분명 아니었다.

"아니 내 말은……."

"그러니까 물에 빠져 죽지 왜 살았냐, 이 말 아니에요? 요점은."

이수종은 무슨 변명이라도 하려고 했지만 진주구슬이 팔짝 뛰는 바람에 놀라서 입을 다물었다.

"그날 죽지 않은 것은 정말 다행이었어요. 그 일 이후 칠 년 동안이 내 인생에 있어서 가장 찬란하게 빛나던 시간이었거든요. 그 시간을 경험하지 못했더라면 얼마나 억울했겠어요."

진주구슬의 퍼런 얼굴이 한순간 해맑아 보였다. 찬란하게 빛나던 그 시간을 떠올리는 모양이었다.

"연애를 했나 보군."

황명식 아저씨가 말했다.

"어머, 어떻게 아셨어요?"

진주구슬 얼굴은 더욱더 밝아졌다. 하지만 그것도 잠시, 진주구슬은 무슨 생각을 했는지 얼굴에 어두운 그늘이 졌다.

"연애하다가 차였군."

황명식 아저씨가 진주구슬 얼굴을 쓰윽 쳐다보더니 고개를 내둘렀다.

"이렇게까지 말했는데 뭘 숨기겠어요. 맞아요, 차였어요. 그 남자가 새로 사귀게 된 여자친구까지 데리고 와서 나는 네가 싫어졌다, 당당히 말하고는 시원하게 돌아서서 가더라고요. 그것도 새로 사귀게 된 여자친구 어깨에 손을 척 걸치고요. 뭐가 그렇게도 좋은지 둘이 걸어가면서도 시시덕거리고 난리도 아니었어요. 그때의 기분을 어떤 말로 표현하겠어요?"

진주구슬이 한숨을 내쉬었다.

"그래서? 설마 남자한테 차여서 죽은 거예요?"

"누가 차여서 죽었다고 했어요? 나는 그날 세상에 태어나 처음으로 모욕감을 느꼈어요. 그 남자가 내 면전에서 싫다고 말한 것 때문만은 아니에요. 좋았다가 싫어질 수도 있겠지요. 나도 그 정도는 알아요. 하지만 꼭 새로 사귀게 된 여자친구를 데리고 와야 했을까요? 여자친구를 데리고 오지 않았다면 그 정도로 모욕감을 느끼지는 않았을 거예요. 내가 마치 바퀴벌레가 된 듯한 기분이었으니까요."

"음음, 모욕감 때문에 죽은 거군요? 자존심 존나 상해서요. 뭐 그딴 거로 죽어요? 한 일이 년 지나면 까마득하게 잊게 될 건데요."

"말을 참 쉽게 하는군요. 칠 년의 그 시간은 나에게는 절대 잊히지 않는 시간이에요. 모욕감은 귀한 시간을 다 파헤쳐버렸고요."

"아휴, 참 답답하네. 고작 그런 일로 죽으면 세상에 살아남을 사람 하나도 없겠네."

진주구슬과 이수종은 퍼런 얼굴을 문지르며 서로 자기 말이 맞는다고 주장했다.

"야. 사람은 다 자기 앞에 닥친 일이 가장 큰일로 여겨지는 거야. 너도 그래서 여기에 온 거 아니야? 남의 일이라고 그렇게 쉽게 얘기하지 마. 꼭 저렇게 깐족거리면서 말하고 싶을까."

황명식 아저씨가 혀를 쯧쯧 찼다.

"하긴 뭐, 내가 남의 연애사를 다 알 수는 없지요. 그나저나 그놈 참 나쁜 놈이네요. 어떻게 그런 식으로 사람을 배신하고 연애를 마무리해요? 그러니까 처음부터 잘 살펴보고 따져서 사람을 사귀어야지, 그런 양아치 같은 놈이랑 칠 년을 사귀다니. 진주구슬 씨도 참 사람 보는 눈이 없네요."

이수종은 끝까지 하는 말마다 사람 속을 뒤집었다.

"어이, 가수! 사기는 치고 다녀도 연애에 있어서는 신뢰를 좀 지킬 줄 아는 모양이군. 자네, 그런 거라도 지킬 줄 아니 사람이 약간은 달리 보이는군."

황명식 아저씨가 이수종에게 너라는 말 대신 자네라는 호칭을 썼다.

"저도 지성인인데 해서는 안 되는 일이 뭔지 정도는 알지요. 사귀던 사람 면전에 대고 '나는 네가 싫어졌다, 우리 그만 서로의 행복을 빌어주며 헤어지자'

이러면 상대가 얼마나 상처를 받겠어요. 그래서 저는 사귀던 사람이 싫어지면 그냥 조용히 떠나는 스타일이에요. 쥐도 새도 모르게 말이지요. 그리고 전화번호를 바꿔버리지요. 번호를 바꿀 형편이 안 되면 그쪽에서 전화를 하다 하다 지쳐서 안 할 때까지 안 받아요."

"연락을 아예 끊어버린다고? 몰래 도망가서?"

"예."

"그럼 그렇지. 그걸 지금 말이라고 하나?"

"왜요? 젠틀한 거 아닌가요? 서로 얼굴 붉힐 일이 없으니."

"젠틀 같은 소리 하고 자빠졌네. 에라이, 나이를 어디로 처먹은 건지 진심 궁금하다. 도대체가 정신 연령이 초딩 수준이네, 초딩 수준이야. 내가 사십 년 넘게 살았지만 너같이 구석구석 마음에 안 드는 인간은 처음이다. 도대체가 장점이라고는 단 하나도 찾아볼 수가 없네. 하긴 남들이 끌어주고 밀어줘야 살 수 있었던 놈이 오죽했겠어. 야, 그게 더 나쁜 거야. 싫어졌다고 말할 용기조차 없어서 사라지는 거잖아? 사기 치는 놈들이 제일 잘하는 게 잠수 타는 거지. 입안의 혀처럼 굴다가 더 이상 이득 볼 게 없으면 쥐도 새도 모르게 잠수 타고, 사기 친 게 들통날 것 같은 순간 잠수 타고, 곤란하면 잠수 타고, 생각하기 귀찮아도 잠수 타고, 책임지기 싫을 때 잠수 타고……. 야, 연락을 해야 하는데 연락이 안 되면 그거 얼마나 속 터지는 줄 알아? 피가 바짝바짝 마르고 살이 타들어갈 정도야. 돈 떼어 처먹은 그 사장 놈도 그랬거든. 역시 기대를 저버리지 않는구나. 인생 똑바로 살아, 이 새끼야……. 아차, 이미 죽은 인간한테 내가 왜 인생 교육을 해주고 있나. 아무튼 아주 나쁜 놈이네."

"곧 7차 오디션을 시작하겠다."

그때 사비가 외쳤다.

"해봤자 소용없는 거를 뭐 하러 하나?"

사람들은 중얼거렸다.

"그래도 뭘 하든 해봅시다. 나는 그 추위 생각만 해도 치가 떨려요. 혹시 알아요? 하다 보면 합격할지."

황명식 아저씨가 소리쳤다. 분노하고 화내고 따지고 들 때는 다시는 안 할 거 같았는데, 황명식 아저씨는 보면 볼수록 긍정적이었다.

"그럽시다. 혹시 아나요, 엉겁결에 합격할지."

사람들은 황명식 아저씨 말에 설득당했다. 7차 오디션은 빗속에서 진행되었다. 사 남매 팀은 단 한 번의 오디션을 끝으로 해체되었기 때문에 각자 개인플레이로 오디션에 참가했다.

전원 탈락

예상대로였다.

7차 오디션의 결과를 사람들은 담담히 받아들였다.

"오디션을 준비하는 것보다는 어떻게 하면 추위에 잘 맞설 수 있는지, 그걸 연구하는 게 더 현명하겠어요."

진주구슬이 말했다.

거센 비는 한참을 쉬지 않고 퍼부었다.

얼마나 시간이 지났을까. 비가 서서히 그치는가 싶더니 검은 안개가 몰아쳤다. 비에 젖은 사람들은 서서히 얼어갔다. 사람들은 마른 울음소리를 내며 울었다. 마른 울음소리는 허허벌판에 메아리쳤고 메아리는 또 다른 메아리를 만들었다.

바람이 살점을 뚫었다. 뼈를 찌르기도 했다. 도저히 참을 수가 없었다. 그렇다고 해서 참지 않을 수도 없었다.

문득 마천이 하다 만 말이 떠올랐다. 뒷말을 유추해보면 나는 다른 사람들이 느끼는 추위의 삼분의 일만을 느낀다는 뜻 같았다. 진짜일까? 내가 왜? 내가 왜 그럴까?

뭔가 쿵! 뭔가 머리를 치고 지나갔다. 다른 사람들보다 추위를 삼분의 일만 느끼는 게 맞는다면 내가 여기에 있는 사람과 다르다는 뜻이다. 뭐가 다를까? 간단하다. 여기에 있는 사람들은 스스로 죽음을 선택한 사람들이고, 나는 그렇지 않다. 그게 확실히 다른 점이다. 그래서 나는 추위도 삼분의 일만 느끼고 얼굴도 멍들지 않는 거다. 가장 중요한 것은 내가 스스로 죽음을 선택하지 않았다는 것을 마천도 알고 있는 거다. 어쩐지 마천이 엉겁결에 뭔 말을 하려고 할 때 사비가 사색이 되어 막더라.

'오류를 인정하기 싫은 거야.'

나는 고개를 끄덕였다.

그때 누군가 내 팔을 거세게 낚아챘다. 나는 손에 끌려갔다. 잠깐의 시간이었지만 내 팔을 잡은 손은 강하게 떨리고 있었고, 얼음장보다도 차갑게 느껴졌다.

"아, 추워. 점점 더 추위가 강해지고 있어. 나일호. 약속을 지키겠다고 했지? 시간이 많지 않으니 빨리 얘기하도록 하마. 나는 우연히 마천과 사비가 하는 말을 엿들었다. 마천은 모진 추위 속에서도 유일하게 얼굴이 변하지 않는 네 얘기를 했다. 얼굴이 멀쩡한 걸 보니 네가 스스로 죽음을 선택한 게 아닌 거 같다고 했지. 그러니까 사비가 네가 마른 울음소리도 내지 않는다고 말했다. 둘은 굉장히 당황했다. 그리고 네 문제를 어떻게 해결해야 하나 고민하더라."

역시 내 예측이 맞았다.

"네가 여기에 있는 사람들을 구할 수 있다는 내 말 기억하지? 여기에 있는 사람들을 구할 수 있는 열쇠는 너한테 있다. 7차 오디션이 끝났어. 하지만 여전히 막무가내로 오디션에 참가해서 합격한다는 것은 불가능해. 낙타는 절대 바늘구멍을 통과할 수 없어. 이러다 우리는 그냥 이곳에 버려지는 거지."

높낮이가 별로 없는 차분한 말투와 말끝에 언뜻 언뜻 들리는 쉿소리. 도진도 아저씨가 눈앞에 떠올랐다.

"도진도 아저씨세요?"

"그래, 나 도진도다. 잘 들어라. 아주 중요한 일이

야. 마천이 그러는데, 너는 오디션과 상관없이 이 길을 통해서 저세상으로 갈 수가 없단다. 그리고 이 공간에도 머물 수 없다고 했다."

"그럼 저는 어떻게 되는 건데요? 집으로 돌아가는 건가요?"

그렇게 된다면 이 지긋지긋한 추위와는 영영 안녕이다. 따뜻한 집으로 돌아갈 수 있다는 것만으로도 가슴이 터질 듯 뛰었다.

"마천과 사비가 오류를 쿨하게 인정한다면 돌아갈 수도 있겠지. 확실히는 모르지만 말이다. 하지만 말이야. 이 엄청난 오류를 감추려고 한다면 반전이 일어날 수도 있지. 원래 단 한 번의 약점도 잡혀보지 않은 자들이 오류를 가장 무서워해. 자신들의 잘못을 드러내는 것은 명예에 오점을 남기는 일이라 여기지. 마천이 만약 명예를 지키기 위해 은밀한 계획을 세운다면 반전이 일어나겠지."

'은밀한'이라는 말이 시퍼런 칼날처럼 서늘하게 느껴졌다. 온갖 무시무시한 말들이 '은밀한'이라는 단어에 다 들어 있을 거 같았다.

"반전이라고요? 은밀한 계획이 뭘까요?"

"자신들의 오류를 감추기 위한 가장 쉬운 방법은 뭘까? 그건 바로 너를 제거하는 거야."

"예에? 제, 제, 제거라면 저를 죽인다는 말이지요? 저는 이미 죽었어요. 죽었는데 또 죽는다는 것은 불가능해요."

"천만에. 너는 죽었지만 죽은 게 아니지. 원래 가야 하는 곳으로 갔다면 완벽하게 죽은 거지만 이곳으로 왔잖니? 죽었지만 죽은 게 아닌 것은 살아날 수도 있다는 뜻이고, 완전히 죽을 수도 있다는 뜻이지. 그러니까 다시 말해 마천이 마음먹기에 따라서 너는 집으로 갈 수도 있어. 그건 곧 살아날 수도 있다는 뜻이지. 하지만 완전히 죽지 않았으니까 진짜 죽을 수도 있다는 말이기도 하지. 무슨 말인지 알겠니?"

"대충이요."

말이 꽈배기처럼 배배 꼬인 면도 있었지만 알아듣기에는 무리가 없었다.

"제시간을 다 채우고 죽은 사람들이 지나간다는 길, 그 강인가 뭔가 있는 곳으로 너를 데려다놓는다면? 그럼 너는 완전히 죽게 되는 거 아닐까? 그러니까 내가 제거라는 말을 쓰는 거다. 완벽하게 이해가 되지?"

"그럼 어떻게 해야 해요? 저는 완전히 죽고 싶지 않아요. 나는 단 한 번도 죽고 싶다고 생각해본 적 없어요."

나는 집으로 가고 싶다. 강이 있다는 그 길이 이곳과 달리 안전하다는 보장도 없다. 이곳과 비슷한 곳이라면 생각만 해도 끔찍하다.

"마천과 사비가 계략을 꾸미기 전에 담판을 지어야지. 최선의 방어는 공격이야. 네가 먼저 마천을 찾아가서 오류에 대해 눈감아줄 테니 세 가지 부탁을 들어달라고 해라. 첫째는 여기에 있는 사람들 모두 저 길을 통과할 수 있게 해달라고 해라. 오디션이고 뭐고 말도 안 되는 거 집어치우고 깔끔하게 보내달라고 하는 거지. 그리고 두 번째 부탁은 너를 집으로 돌려보내달라고 하는 거다."

"열두 명을 다요?"

나는 도진도 아저씨의 말을 들으며 마음이 복잡해졌다. 너무 무리한 부탁 아닌가? 한두 명도 아니고, 나를 제외한 열두 명을 다 책임지라는 것은 내 생각에도 무리인 거 같았다. 공연히 무리한 요구를 했다가 마천이 마음대로 하라고 버티면? 그러다 나까지 영영 여기에 붙잡혀 있으면? 아아아, 안 돼. 나는 고개를 저었다.

나에 대한 오류니까 내 문제만 해결하면 되는 거지, 그걸 빌미로 다른 사람들까지 구제해달라고 할 필요는 없을 거 같았다.

'나 혼자도 충분히 해결할 수 있어. 이건 내 문제야.'

정신을 똑바로 차리고 마천과 일대일로 만나 이 문제를 심각하게 의논해야겠다는 생각이 들었다.

위험을 무릅쓰고 이 사람들을 책임질 필요는 없다. 우리는 여기서 만나기 전까지 모르는 타인이었고, 각자의 삶에 전혀 상관없는 사람들이었다. 언제 봤다고 내가 이 사람들을 위해 자칫 위험해질지도 모르는 일을 하나. 그건 멍청한 짓이다.

나도희?

물론 같은 학교에 다닌다. 황명식 아저씨 논리대로라면 친구다. 그리고 여기에 와서 어려움을 접하면서 약간은 연민도 생겼다. 하지만 냉정히 생각해보면 나도희를 불쌍하게 여길 필요는 없다.

일단 나는 나도희 때문에 이렇게 되었다. 그럼에도 불구하고 나도희는 나에게 조금도 미안해하지 않는다. 한술 더 떠서 이런 상황에서도 제 마음에 들지 않으면 성질을 부린다. 완전 싸가지가 바가지다. 그리고 나도희는 살아 있을 때 나와는 전혀 다른 삶을 살았다. 나는 감히 상상도 할 수 없는 그런 삶 말이다. 하루하루 별일 없이 지내기 위해 전전긍긍하던 내가 더 불쌍하지, 초호화로 살았던 나도희가 왜 불쌍한가?

나는 여기에 있는 사람들과 나도희 때문에 겨우 잡게 된 희망의 끈을 놓치고 싶지 않았다. 집에 가면 일단 따뜻한 물을 욕조 가득 받아놓고 몸부터 푹 담가야지. 욕실 선반 위에 있는 거품 내는 비누인가 뭔가 그것도 한번 써봐야겠다. 엄마와 일주가 그 비누에 대해 이야기 나누는 걸 들은 적이 있는데, 그걸 물에 풀고 몸을 담그고 있으면 온몸이 나른해지면서 피곤이 확 풀린다고 했다. 아, 생각만 해도 좋다.

"혹시나 해서 하는 말인데 마천을 믿지 마라. 처음부터 지금까지 마천의 언행을 생각해봐. 처음에는 우리를 무지하게 생각하는 척, 당장이라도 구해줄 것처럼 말하더니 그게 아니었잖니. 그 모든 것을 놓고 볼 때 반전이 있을 가능성이 더 크다. 그럴 경우 너 혼자 헤쳐나갈 수 있겠니?"

"예?"

"너 혼자 마천을 이겨먹을 수가 있겠느냐고?"

그 말을 듣자 머릿속에 몽글몽글 일어나던 비누 거품이 한순간 사라졌다. 마천은 그렇게 호락호락한 인물이 아니다.

"어떻게 할래? 생각은 깊게 하되 결정은 빛과 같이 빨라야 한다. 기회는 찰나가 되어 사라질 수 있다. 마천은 지금 머리를 굴리고 있을 테니까. 너와 내가 철저하게 계획을 세우고 네가 마천을 만나는 거다. 그렇게 할 거지?"

도진도 아저씨가 말하는 순간 검은 안개가 서서히 밀려가기 시작했다. 세 번째 요구가 뭔지 듣기도 전에 검은 안개는 완전히 걷혔다.

나도희는 왜
끝까지 입을 다물었을까?

찬란한 빛이었다. 이곳에 와서 저렇게 찬란한 빛 구경은 처음이었다. 빛은 따뜻한 기운을 동반했다. 짙은 안개와 축축한 공기, 모질고 혹독한 추위만이 가득했던 허허벌판은 마치 긴 겨울을 지나고 봄을 맞은 듯 한가롭기까지 했다. 잔뜩 웅크려 있던 몸이 서서히 풀렸고 오랜만에 몸도 마음도 느긋해졌다. 빛과 따뜻함이 이렇게 고마운 존재인지 예전에는 미처 몰랐다.

"아, 어떻게 해. 이제 생각났어."

내내 잠잠하던 나도희가 소리쳤다. 목소리가 얼마나 큰지, 마천을 찾아가 어떤 식으로 말을 해야 좋을지 곰곰이 생각하다 깜짝 놀랐다.

"카페에 꼭 써야 할 편지가 있는데 깜박 잊었어."

난 또 뭐라고.

어떤 편지인지는 모르지만 보나 마나 팬들에게 보

내는 편지겠지. 나도희 팬카페 게시판에는 우편함이 있다. 팬들은 하루에도 수백 통씩 나도희에게 길고 짧은 편지를 쓴다. 나도희는 일주일이나 열흘에 한 번씩 '짠' 하고 나타나 편지를 쓴다. 나도희가 편지를 써서 올리는 순간에는 그야말로 난리가 난다. 나도희가 쓴 편지 밑으로 수백 개의 댓글이 순식간에 달린다.

-와악! 내가 일등으로 댓글 단다. 나도희 사랑해, 밥 먹어.

-나도희! 밥힘은 랩힘.

-밥 먹었남?

이렇게 끼니 걱정을 하는 댓글부터 시작해서

-따랑해욤.

-쏘롱해욤.

-흐응 너무 좋아, 나도횡.

이렇게 혀 짧은 소리에 코맹맹이 소리 애교 댓글까지, 모든 댓글에는 온갖 이모티콘도 총출동한다. 그렇다고 해서 나도희 편지 내용이 대단한 것은 아니다. 별 내용 없다. 그저 고맙다는 말, 덕분에 힘을 얻는다는 말이 고작이다. 그런 편지에 왜들 그리도 미친 듯 열광하는지 나로서는 이해 불가다.

"꼭 할 말이 있었는데."

나도희가 얼굴을 찡그렸다. 멍이 든 듯 퍼런 얼굴이 찌그러지자 도저히 봐줄 수 없을 정도로 흉측한 모습이었다. 만약, 만약 말이다. 죽고 나서 모습이 저렇게 변할 줄 알았다면 나도희는 과연 6월 12일에 그런 선택을 했을까? 거울이 없어서 그나마 다행이었다. 지금 자신의 변화하는 모습을 시시때때로 확인한다면 그 상실감이 오죽할까.

"무슨 말인데?"

솔직히 궁금하지는 않았다. 하지만 나도희의 얼굴을 보면서 가슴 한쪽이 짠했고 말이라도 받아주자 싶어서 물었다.

"비밀이야."

나도희가 입술을 야무지게 닫았다. 비밀이라서 다행이다. 정신 집중해서 생각하기도 바쁜데 말이 길어지면 어쩌나 살짝 걱정했다.

"아휴, 그런데 이 옷 왜 이렇게 냄새가 심하냐?"

나도희가 꽁꽁 여미고 있던 정장 윗도리에 코를 박으며 킁킁거렸다. 도진도 아저씨의 정장 윗도리였다. 비에 젖고 안개에 절은 정장 윗도리는 꼬질꼬질했다.

"그래도 이 옷이라도 있었으니까 덜 추웠을 거야."

나도희는 인상을 쓰며 정장 윗도리를 벗었다. 그러고는 빛을 향해 탁탁 털었다.

"여기 추위는 옷이나 이불로 막을 수 있는 게 아니래. 옷을 아무리 많이 입어도 두꺼운 이불을 덮어도 느껴지는 추위는 똑같다더라. 마천이 한 말이니까 사실일 거야."

"진짜야?"

"뭐가? 마천에게 들었단 거? 아니면 옷이나 이불이 소용없다는 말?"

"두 개 다."

내가 고개를 끄덕이자 나도희는 정장 윗도리를 매정하리만큼 땅바닥에 던져버렸다. 던져진 정장 윗도리에게 내가 다 미안할 정도였다. 비록 추위를 막아주지는 못했어도 마음으로는 엄청난 온기를 주었을 텐데 말이다. 하여간 싸가지하고는. 나도희는 양말도 벗었다.

"신을래?"

나도희가 물었다. 나는 고개를 저었다. 나도희는 양말도 내동댕이쳤다.

나도희의 얇고 하늘거리는 옷은 찬란하고 따뜻한 빛에 바짝 말라갔다. 사람이고 세상이고 보송보송했다.

"아, 그 편지는 꼭 쓰고 왔어야 하는데."

한참 후에 나도희가 한숨을 쉬었다.

"무슨 편지인데?"

물어볼까 말까 하다가 물었다.

"비밀이야."

재수 없어.

"정 궁금하면 한번 맞혀볼래? 스무고개 형식으로 해볼까?"

"그런 골치 아픈 거 안 해."

양파 껍질 까듯 스무고개 하는 거 내 취향 아니다. 그리고 중요한 건 하나도 안 궁금하다는 거다.

"첫 번째 고개, 못 먹는 거야."

"됐다고."

나는 나도희에게서 떨어져 앉았다.

다시 생각에 집중하려는데 문득 궁금한 게 떠올랐다. 금정호! 금정호와의 문제다. 팬카페에서 이 문제로 팬들끼리 서로가 서로를 물어뜯고 할퀴고 상처투성이가 되어갈 때 왜 당사자인 금정호와 나도희는 단 한마디도 하지 않고 입을 다물고 있었는지 말이다.

"뭣 좀 물어봐도 돼?"

"첫 번째 고개, 못 먹는 거."

아, 짜증 나. 얘가 은근히 똥고집도 있네.

"스무고개 말고……. 랩 가사 말이야. 진실이 뭐야? 금정호가 썼다는 말이 엄청 많았잖아? 증거도 등장하고."

"너도 그게 되게 궁금했던 모양이구나?"

나도희가 허공을 향해 비웃음을 날리며 물었다.

"아니. 나는 되게 궁금한 적 없어. 네가 팬카페에 쓰고 와야 할 편지니 어쩌니 하니까 그냥 문득 생각나서 물어본 거야."

"너도 내 팬카페 회원이라면서? 그럼 되게 궁금할 텐데? 되게 궁금하면 궁금하다고 해."

뭐 이따위 애가 다 있나 모르겠다. 내가 되게 안 궁

금하다고 말하면 그런가 보다 하면 그만이지, 제멋대로다.

나도희는 착각을 하고 있다. 팬카페 회원이면 무조건 저를 좋아하고 되게 궁금해하고 맹목적으로 환호할 거라고 말이다. 나는 팬카페에 가입한 회원이라고 해서 다 그렇지 않다는 걸 말해주려다 말았다. 지금 그게 중요한 게 아니다. 나도희는 죽었다. 이제 와서 그건 결코 중요하지 않다.

"됐어. 말하지 마. 안 궁금해."

나는 다시 나도희에게서 떨어졌다.

먼 하늘부터 검은 구름이 스멀스멀 몰려오기 시작했다. 검은 구름은 가까이 다가오면서 검은 안개가 되었다. 검은 안개가 다가오자 기온은 급속도로 떨어졌다. 빛도 희미해졌다.

"어? 여기 있던 옷 어디 갔지?"

나도희가 당황해서 정장 윗도리를 찾았다. 분명 옆에다 내동댕이쳐놨던 거 같은데 감쪽같이 사라졌다.

"나일호. 여기 있던 옷 어디 갔니?"

"나는 모르지."

"아, 어떻게 해. 추워지는데."

나는 굳이 정장 윗도리를 찾을 필요가 없다고 했다. 하지만 나도희는 정장 윗도리를 애타게 찾았다. 내팽개쳐진 양말을 주섬주섬 신기도 했다.

나도희가 정장 윗도리를 찾는 사이 검은 안개는 꽉 찼고 매서운 바람이 불었다. 그때 검은 안개를 헤치고 도진도 아저씨의 손이 내 팔을 잡았다.

“이 안개가 걷히면 마천을 찾아가라. 그리고 저번에 말했던 요구를 해라. 들어주지 않으면 절대 물러서지 않을 거라는 굳은 의지를 보여줘라. 마음 약해지면 안 된다. 타협할 것 같은 표정을 지어도 안 된다. 생각해봐도 다른 방법은 없더라. 우리 생각을 밀고 나가는 게 최고의 방법이야. 오점을 남기고 싶지 않으면 네 말대로 할 수밖에 없다는 생각을 심어주어야 해.”

“과연 그 요구를 다 들어줄까요?”

비록 마천이 나에게 약점을 잡혔다 하더라도 마천은 그리 호락호락하지 않을 거다. 거창한 방법이라도 내놓을 줄 알고 기다렸는데 솔직히 실망했다.

“일단 부딪혀보고 만약 마천이 삐딱하게 나오면 그때는 다시 나와 머리를 맞대고 의논해보도록 하자. 시간이 없으니까 일단 부딪히면서 생각해보자는 말이야, 이해하지?”

이해는 한다. 하지만 자신이 없을 뿐이다.

“아 참, 세 가지 요구라고 했는데 한 가지는 아직 말씀 안 하셨어요.”

“첫째, 여기에 있는 사람들 전부 오디션에 상관없이 이 길을 통과하게 해주는 것. 둘째, 너를 집으로 보내주는 것. 셋째, 이 길을 통과하는 사람들 중에서 나도희는 빼는 것.”

“예?”

나는 내 귀를 의심했다.

"이 길을 통과하는 사람들 중에서 나도희는 뺀다고."

"왜요?"

"지금 당장 이유를 말해줄 수는 없고 차차 이야기하도록 하자."

"아저씨. 나도희하고 원수지셨어요? 나도희와 아는 사이예요?"

길을 통과하는 사람들에서 뺀다는 것은 나도희를 이곳에 남긴다는 말이다. 이곳에 남는다는 것이 얼마나 끔찍한 것인지 도진도 아저씨는 잘 알고 있다. 도진도 아저씨는 분명 나도희에게 호의적이었다. 어마어마한 추위 속에서 정장 윗도리를 나도희에게 벗어 주었다. 견딜 수 없는 추위 속에서 자기 옷을 벗어 남에게 준다는 것은 결코 쉬운 일이 아니다. 그랬던 도진도 아저씨가 갑자기 왜 저럴까. 이유를 물어보려는데 검은 안개가 밀려갔다.

협박

나는 마음을 굳게 먹고 마천을 찾아갔다. 어차피 물러설 곳은 없었다.

"오디션 준비는 안 하고 왜?"

마천은 천연덕스럽게 나를 맞았다. 뻔뻔하기가 이루 말할 수 없었다. 치렁치렁한 한복 안에 감춰진 마천의 시커먼 속내가 훤히 보였다. 모른 척 그냥 지나가겠다는 뜻일 거다.

"저 다 알고 있어요."

"뭘?"

마천은 여전히 천연덕스러웠다.

"저는 오디션을 볼 필요 없다는 거요. 제가 여기에 온 건 오류라는 것."

마천의 짙은 눈썹이 꿈틀거렸다. 숨소리도 거칠어졌다. 그러나 표정은 한 올의 흐트러짐도 없었다.

"그래서 하고 싶은 말은? 네가 하고 싶은 얘기를 최

대한 간략하게 말해라. 나한테 뭘 요구하고 싶으면 간략하게 요점만 말하라고. 그렇지 않아도 어떤 식으로 해결해야 하나 고민하던 중이었다."

나는 당황했다. 이렇게 단도직입적으로 나올 줄 몰랐다. 나는 마천이 누가 그러더냐, 그 말을 믿냐, 믿는다면 증거를 대라고 일단 오리발부터 내밀 줄 알았다. 그게 보통 사람들이 문제를 해결하는 방법이다. 나는 강펀치를 맞은 듯 잠시 정신이 멍했다.

"빨리 말해라, 요점만."

"저를 집으로 보내주세요."

"살려내란 말이냐?"

마천의 짙은 눈썹이 다시 꿈틀거렸다.

"그건 곤란하다. 네가 이곳으로 온 것은 분명 우리의 오류였지만 너는 죽었다. 우리는 죽지 말아야 할 사람을 죽인 게 아니다. 아직도 오십팔 년의 시간이 남아 있는 너를 죽게 한 게 누구의 잘못인지, 그건 우리도 아직 모르는 상태다. 정상적으로 죽은 사람들을 받아들이는 그쪽의 잘못일 수도 있지. 죽여서는 안 되는데 죽인 거야. 우리는 스스로 죽음을 선택하지 않은 사람들을 죽게 할 수 있는 힘은 없다. 다만 우리의 오류라면 이 길로 와서는 안 되는 사람을 이 길로 오게 한 거지. 그런데 살려내라니. 그건 있을 수 없는 일이다."

사비가 끼어들었다. 마천이 사비를 향해 손바닥을 누르는 시늉을 했다. 가만히 있으라는 뜻이다.

"살려낸다는 것, 그건…… 상당히 어려운 문제다."

"그럼 어떻게 하실 건가요? 저를 정상적으로 죽은 사람들이 간다는 그곳으로 직접 데려다주실 건가요?"

"음, 그것 역시 상당히 어려운 일이다."

마천은 턱을 문지르며 생각에 잠겼다. 한참 후에 마천은 입을 열었다.

"좋다. 집으로 돌려보내도록 하마. 상당히 어려운 문제지만 네 죽음의 원인을 찾아내는 일이 훨씬 더 복잡하다. 차라리 살려내는 게 나을 수 있다."

"마천님, 그건 불가능합니다. 그분의 허락 없이는 있을 수 없는 일입니다."

"영혼들을 선별하고 세상에 내보내는 고된 일을 수억 년 해오면서 나에게도 나름 권한이 생겼다. 어쩔 수 없는 경우 한둘의 생명은 구제할 수 있다. 물론 그것도 그분의 허락을 받아야 마땅하지만 말이다. 이 아이는 자신의 의지와는 상관없이 이곳에 왔다. 그리고 처참한 일들을 겪고 있다. 돌려보내는 게 맞는 거다."

생각보다 마천은 스마트하고 합리적이었다. 구질구질하게 핑곗거리를 찾지 않았다.

두 번째 조건을 내걸기가 망설여졌다. 나를 이곳에서 내보내는 일은 당연히 마천이 책임져야 할 일이다. 마땅한 일을 하는데도 사비가 팔팔 뛰는데, 이 문제와는 아무 연관도 없는 사람들까지 길을 통과하게 해달라고 말하는 건 괜한 약점을 잡아 협박하는 것일 수도 있다는 생각이 들었다. 괜히 마천과 사비의 마음을 상하게 하면 나에게 좋을 게 없을 것 같기도 했다. 하지만 나만 쏙 빠져나가면 도진도 아저씨가 가만있지 않을 거다.

“그 문제는 사비와 의논을 해서 곧 해결하도록 하마. 한 가지 당부할 것은, 절대 입조심해야 한다. 네 문제는 누구에게도 말하지 말 것이며, 네가 집으로 돌아간다는 것도 발설하지 마라. 입조심하지 않을 경우 너를 살려내는 계획은 수포로 돌아간다. 사람들은 벼랑 끝에 서면 날카로워진다. 네가 돌아간다는 소문이 나면 여기에 있는 사람들이 어떻게 돌변할지 모른다. 그런 사태가 발생하면 그분도 알게 되고, 그러면 나로서도 어쩔 수 없는 일이 생길 수 있다. 명심해라.”

“어쩔 수 없는 일이요? 그게 뭔가요?”

마천의 얼굴이 하도 심각해서 겁이 덜컥 났다.

“그건 나도 모른다.”

마천이 고개를 저었다.

“입조심할게요.”

나는 뒤돌아서려다 멈칫했다.

‘도진도 아저씨가 내건 요구를 마천에게 말하지 않으면 도진도 아저씨도 가만있지 않을 거야. 아마 사람들에게 마천이 오류를 범했고, 그 대가로 나를 살려보낸다는 소문을 낼지도 몰라. 그러면 마천은 그 소문이 내가 낸 소문인 줄 알겠지. 그러면 나는 집으

로 돌아가지 못할 수도 있어. 아, 도진도 아저씨, 존나 머리 좋아.'

도진도 아저씨의 속셈을 알 수 있을 거 같았다. 나는 도진도 아저씨한테 발목을 단단히 잡혔다. 도진도 아저씨가 내민 손을 잡은 게 실수였다. 내 문제는 나 혼자 해결하는 건데. 나도 눈치채고 있었는데.

"저기……. 부탁이 더 있는데요."

나는 떨어지지 않는 입을 억지로 뗐다.

"여기에 있는 사람들, 길을 통과시켜주면 안 될까요? 아니 그러니까 제 말은요, 여기가 어떤 곳인지 제가 훤히 알고 있는데 저 혼자만 따뜻한 집으로 돌아가기 미안해서 그러는 거지요. 생각해보세요. 그게 얼마나 의리 없는 짓이에요?"

"오디션에 합격하지 못하면 길은 절대로 통과할 수 없다. 우리 또한 저들을 불쌍하게 여기고 있다. 하지만 어쩔 수 없는 것은 어쩔 수 없는 거다. 그런 무리한 요구는 하는 게 아니다. 네 소관이 아니다. 우리를 화나게 하지 마라."

사비가 호통을 치는 바람에 나는 꼬리를 내리고 자리로 돌아왔다.

마침 안개가 밀려들고 있었다. 검은 안개는 아니었지만 제법 짙어서 바로 앞도 분간하기 어려웠다. 나는 도진도 아저씨에게 다가갔다. 그리고 마천의 말을 전했다. 짐작대로 도진도 아저씨는 화를 냈다.

"너만 살아서 돌아가겠다? 여기 있는 사람들을 모

두 내팽개치고?"

"내팽개치긴 누가 내팽개쳐요? 솔직히 제가 이 사람들을 책임질 의무는 없잖아요? 그런데 그런 표현은 맞지 않는 표현 아닌가요?"

"그럼 배신이라는 표현을 쓸까?"

"그 말도 어울리지 않아요."

처음부터 나와 이곳에 있는 사람들은 처지가 달랐다. 나는 여기에 와서는 안 될 아이였다. 쉽게 말해 나는 피해자다. 오류에 의한 피해자. 오류에 의해 피해를 입었으면 당당히 내 권리를 주장할 수 있다. 하지만 권리에도 넘어서는 안 되는 선이라는 게 있는 법이다. 선을 넘은 권리를 주장할 경우 상대가 싫다고 하면 나로서도 어쩔 수 없는 일이다.

"너만 빠져나가게 두고 볼 거 같니?"

이건 협박? 치사하게 협박까지 하다니.

"그럼 저보고 어쩌라고요?"

도진도 아저씨는 진짜 순순히 나를 보내줄 거 같지 않았다.

"다시 마천에게 가라. 가서 다시 한번 요구해라. 끝까지 안 된다고 하면 최후의 카드를 꺼내 들어라."

최후의 카드라면?

"저세상에서 가장 높은 자를 만나 오류에 대해 심도 있게 의논 좀 하겠다고 해라."

"예에?"

미치고 환장할 노릇이다. 이건 뭐, 다 된 밥에 코

를 빠뜨리라는 말이다. 이미 내 문제는 다 해결되었다. 살려서 집으로 돌려보내주겠다고 마천은 쿨하게 약속했다. 그런데 다시 심도 있게 의논을 한다고 하라고? 심도 있게 의논해서 내가 얻는 게 뭔데? 아이고야, 치사한 것도 넘어서 아주 같이 죽자는 거네.

"그러니까 쉬운 말로 마천을 협박하라는 말이네요?"

기가 막히다 못해 콧구멍까지 막힐 노릇이었다.

"끝까지 너 혼자 빠져나가려고 할 경우, 나는 무슨 수를 써서라도 그 높은 사람을 만날 거다. 여기 있는 사람들을 동원해서 말이다. 그리고 네 문제를 다시 한번 논의할 거다. 마천이 가장 겁내는 거는 아마 이런 거 아니겠니? 우리가 그 높은 분을 만난다는 거."

나는 싫다는 소리도 못 하고 마천에게 갔다.

"제가 다른 뜻이 있는 거는 아니고요. 사람들이 너무 불쌍해서 그래요. 얼굴들 좀 보세요. 다 퍼렇게 멍든 듯 변하고 있잖아요. 시간이 얼마 지나지 않아도 저 정도인데, 이곳에서 수천 년, 아니, 재수 없으면 수억 년이 될지도 모르는 그 긴 시간을 어떻게 견디고 살겠어요? 머리를 산발한 아줌마 말로는 영혼이 피눈물을 흘린다면서요. 아휴, 오죽하면 피눈물을 흘리겠어요? 제가요, 몇 사람들의 사연을 들어봤거든요. 하나같이 눈물 없이는 들을 수 없는 사연이었어요. 다들 불쌍하다고요. 길을 통과시켜주면 안 될까요?"

"참 답답한 소리를 하는구나. 너희들이 살았던 그

세상에서 사정 없는 사람이 몇이나 되겠니? 그럼에도 불구하고 다들 참아내며 견디며 자신들에게 주어진 시간을 살아가고 있다. 살아가며 그 시간 안에서 좌절할 때도 있고, 절망할 때도 있지만 또 다른 희망과 행복을 찾기도 한다. 나는 세상에 나가는 영혼들에게 살다 올 시간을 부여할 때 어둠과 같은 막막한 시간만을 넣지는 않았다. 견뎠어야지. 참아야 했다. 여기에 온 사람들 중에 딱 한 시간만 더 참았어도 기쁨을 맞이할 사람도 있었다."

마천이 답답하다는 듯 얼굴을 찡그렸다.

"제발 좀 힘 좀 써주세요. 사람들은 마천님을 악마로 알고 있거든요. 이 기회에 악마가 아니라는 걸 보여주세요."

"이런!"

사비가 소리를 버럭 질렀다.

"악마라니. 저 길을 봐라. 저 길을 누가 낸 건지 아느냐? 바로 마천님이 낸 길이다. 원래 저기는 천 길 낭떠러지였다. 스스로 죽음을 선택한 자들이 저기 저 산 밑으로 갈 확률은 제로였다. 그 낭떠러지를 절대로 통과하지 못하니까. 그런데 길을 내고 오디션에 합격한 자는 통과할 수 있도록 한 게 누구 덕인 줄 알고 악마니 뭐니 그런 말을 한단 말이냐?"

사비의 얼굴이 지진이 난 듯 흔들렸고 낯빛은 새빨갛게 달아올랐다.

"됐다, 그만해라."

마천이 사비를 말렸다.

"안타깝지만 오디션에 합격하지 않고는 길을 통과할 수 없다. 그건 길을 낼 때 높은 분과 한 약속이었고 나는 그 약속을 지켜야 한다."

마천은 잘라 말했다.

"오디션에 합격을 할 수 있긴 한 건가요?"

"그건 나도 모르지. 예전에 합격자가 없었다고 해서 지금도 여전히 없을 거라고 할 수 없다."

나는 높은 분을 만나 심도 있는 대화를 해보겠다고 말할 수가 없었다.

"나일호."

내 이름을 부르는 마천의 목소리가 꽤 다정하고 부드러웠다.

"열여섯 살, 남은 시간 오십팔 년. 남은 시간 속으로 돌아가느냐 돌아가지 못하느냐는 너에게 달렸다. 다른 사람들이 오류에 대해 눈치채면 문제가 커진다. 저번에도 말했다시피 문제가 커지면 나도 어쩔 수 없는 상황이 온다. 너는 그저 조용히 있으면 10차 오디션이 끝난 후 돌아갈 수 있다. 아무 일도 없었던 듯 말이다. 아무 일도 없었다는 듯 아침에 일어나면 네 방에 있을 거다. 따뜻하고 보송한 네 방, 네 침대에."

'네 방, 네 침대'라는 말이 달콤했다. 그리고 '아무 일도 일어나지 않는다'는 말이 귀에 박히듯 들어왔다. 나는 더 이상 아무 말도 못 하고 자리로 돌아왔다.

"나일호, 도진도 저 아저씨 진짜 재수 없다. 그 옷

도로 가져간 거 있지? 한 번 줬으면 끝이지, 도로 뺏어가는 거는 뭐람."

나도희가 투덜거리며 도진도 아저씨 쪽을 바라봤다. 그러고 보니 도진도 아저씨는 정장 윗도리를 입고 있었다.

'나도희를 빼라고 한 거, 혹시 옷 때문에 삐져서 그런 건가?'

좀 치사하지만 그럴 수도 있겠다. 나도희가 온갖 인상을 쓰면서 정장 윗도리를 내동댕이치는 걸 도진도 아저씨가 봤다면 도진도 아저씨 입장에서는 기분이 나빴을 거다. 혹독한 추위 속에서도 옷을 벗어주었는데 얼마나 배신감이 들까. 아니지, 아니야, 나는 곧 고개를 저었다. 도진도 아저씨가 세 가지 요구를 말하라고 한 것은 나도희가 정장 윗도리를 내팽개치기 전이었다.

'그나저나 도진도 아저씨한테 뭐라고 하지?'

마천에게 제대로 말도 못 해본 걸 알면 펄펄 뛸 거다. 나에 대한 소문을 내면서 여기 있는 사람들을 선동할 거다.

"어이."

그때 황명식 아저씨가 다가왔다.

"우리, 사 남매를 다시 결성해서 연극을 해보는 거는 어떨까? 아주 슬픈 연극을 하면 합격 가능성도 있지 않을까. 솔직히 노래보다는 직접적인 슬픈 대사가 가슴에 팍팍 와닿는 법이잖아. 어때, 한번 해보자. 진주구슬 씨는 너희 둘이 한다고 하면 무조건 한단다. 내 느낌에는 말이야, 이번에 꼭 합격할 거 같거든."

진짜 긍정에 있어서는 갑이다.

"합격은 개뿔. 여태 당하고도 그런 말이 나와요? 생고생하지 말고 춥지 않을 때 편하게 쉬어요."

이수종이 말했다.

"아, 이 단조로운 인간아. 그래도 가만히 앉아서 10차까지 다 날려먹는 것보다야 뭐라도 해보는 게 낫지. 이번에는 느낌이 좋다니까. 내 느낌을 믿어봐."

"느낌은 무슨. 그렇게도 촉이 발달한 양반이 돈을 못 받을 것도 모르고 죽어라고 일해요?"

"야, 여기서 그 얘기는 또 왜 나와?"

또 시작이다.

"무슨 연극이요?"

황명식 아저씨와 이수종의 말다툼이 극을 향해 치달리는 찰나, 나도희가 물었다.

"내 생각에는「심청전」이 어떨까 싶다. 아버지의 두 눈을 뜨게 하려다 시퍼런 파도와 마주하는 심청이의 애절한 마음을 잘만 표현하면 심사위원들이 눈물바다를 이루지 않을까? 자고로 효는 전 세계적으로 공통적인 덕목이야. 여기라고 해서 효가 없겠니? 공통적인 덕목을 선택해야 공감도도 높일 수 있지."

황명식 아저씨는 진지했다.

"괜찮을 거 같아요."

나는 황명식 아저씨 편을 들어주었다. 마천은 그

저 사람들을 골리려 오디션을 만든 게 아니라, 진짜 도와주고 구제하고 싶은 마음에 오디션을 만든 거다. 나는 이제 그걸 확실히 알았다. 오디션 합격자는 나올 수 있다.

타고난 운명은 바뀌지 않는다

작년 어느 날이었다. 비가 엄청나게 쏟아지는 날이었는데, 학원 천장에서 물 폭탄이 쏟아지는 사건이 발생했다. 급하게 휴강 결정이 내려졌고, 그날따라 학원에 일찍 갔던 나는 끈 떨어진 연처럼 할 일 없이 길을 헤매고 다녔다. 그러다 길가에 초라하게 서 있는 천막 하나를 발견했다.

신점, 운수, 택일, 사주 봅니다.

천막 앞에는 이렇게 쓰인 나무판이 달려 있었다. 원래 그런 것에는 별 관심 없었는데 그날은 시간이 남아돈 탓인지 호기심이 발동했다.

"얼마예요?"

나는 천막 안으로 고개를 들이밀고 물었다. 둥글넓적한 얼굴에 이마를 훤히 까고 쪽 찐 머리를 한 여자는 그 큰 눈에 웃음을 매단 채로 비도 오고 하니 싸게 해주겠다며 들어오라고 했다. 소금 장수도 아니고,

비하고 이거하고 무슨 관계인가 잠시 생각하다가 안으로 들어갔다.

"에이그, 하루하루 살아내느라 힘든 사주네."

여자는 나를 정면으로 보자마자 말했다.

"사주가 뭔데요?"

"타고난 운명이라는 뜻이지. 하루하루 살아내느라 힘든 운명을 타고났어."

나는 다짜고짜 던진 여자의 한마디가 신기하고 감탄스러워서 자리에 앉았다.

그날 여자는 꽤 많은 말을 했는데 다 잊어버렸지만 딱 하나 기억하는 게 있다. 타고난 사주와 운명은 바뀌지 않는다는 말이었다. 알아들은 말이라고는 딱 하나인데 거금 만 원을 내고 나오며 공연히 들어왔다고 후회를 했었다. 그런데 지금 생각하니, 그 여자 완전히 족집게다. 여기까지 와서 '아무 일도 일어나지 않으려면' 이 문제가 닥칠 줄이야. 살아서나 죽어서나 절대 그 문제에서 도망칠 수 없는 게 내 운명인가 보다.

'마천 말대로 하자. 가만히 있자. 10차 오디션이 있는 날까지 가만히 있으면 나에게는 아무 일도 일어나지 않는다. 10차 오디션까지는 얼마 남지 않았다. 도진도 아저씨한테는 이 핑계 저 핑계 대면서 시간을 벌자. 그리고 돌아가는 거다.'

아무 일도 일어나지 않는 게 가장 중요했다.

황명식 아저씨는 아무리 생각해도 「심청전」만 한 게 없다고 했다. 다들 아는 스토리인 게 가장 큰 장점이라고 했다. 지금 상황에서 모르는 이야기로 연극을 만들기는 힘들다고 말이다.

"오! 지금 막 느낌이 확 왔어. 합격할 거 같아."

"그럼 「심청전」으로 해요."

진주구슬과 나도희가 고개를 끄덕였다. 황명식 아저씨는 약간의 허풍이 있지만 초긍정에다 리더십도 있었다. 그놈의 욱하는 성질만 아니었다면 외로워도 슬퍼도 절대 울지 않는 캔디처럼 힘차게 세상을 살았을 텐데.

"곧 8차 오디션을 시작하겠다."

마천이 소리쳤다.

"내가 심청이를 할까? 심청이의 심정을 누구보다도 잘 표현할 자신이 있는데. 내가 집안 형편 때문에 어린 나이에 도시로 돈 벌러 나올 때 말이야, 우리 어머니 생각에 얼마나 마음이 아팠는지 몰라. 우리 어머니가 허리가 아파 엄청나게 고생하고 계셨거든. 앞을 못 보는 아버지를 두고 인당수로 향하는 심청이와 똑같았지."

황명식 아저씨가 말했다.

"반대예요. 오빠가 심청이를 하면 감정 이입이 힘들어요. 외모도 중요하거든요."

진주구슬이 반대했다.

결국 나도희가 심청이를 하고 진주구슬이 뺑덕어

멈을 하기로 했다. 나는 선원이고 황명식 아저씨는 심학규였다. 따로 대본은 없었다. 대본을 짤 시간도 없었고 대본대로 연습할 시간은 더더욱 없었다. 다 아는 스토리니까 가장 서글프게 대사를 말하기로 했다. 연습은 단 한 번으로 끝내기로 했다.

아이고 아버지. 아버지를 두고 저 혼자 이 멀고 먼 길을 어떻게 가나요?

나도희의 첫 대사부터 가슴을 찢었다.

"와와와, 심사위원 눈물 나겠다, 눈물 나겠어."

황명식 아저씨는 흥분의 도가니에 빠져 심학규를 연기했다. 황명식 아저씨가 흥분하자 진주구슬도 연극으로 승부를 볼 수 있다는 확신이 든 모양이었다. 얄미워서 쥐어박고 싶을 정도로 뺑덕어멈을 연기했다.

"재미있는데요."

어쩐 일로 이수종이 칭찬을 했다.

"그렇지? 이거 어쩌나. 우리 넷이 먼저 길을 통과해서 가게 생겼네. 미안하지만 어쩔 수 없지 뭐."

황명식 아저씨는 때아닌 이수종의 칭찬에 어깨를 우쭐거리며 짐짓 미안하다는 표정을 지었다.

"한 가지 흠이라면 슬픈 콘셉트로 해야 하는 거잖아요? 그런데 슬픈 마음은 전혀 안 들고 그냥 재미있기만 한데요. 이래서 어떻게 심사위원들을 울리겠어요?"

역시 한국말은 끝까지 들어봐야 한다.

그때였다. 머리를 산발한 아줌마가 다가왔다.

"저도 좀 같이하면 안 될까요? 노래, 춤은 어렵지만 연극은 할 수 있을 거 같아서 부탁하는 거예요."

얼마간 망설이던 머리를 산발한 아줌마는 용기를 내듯 심호흡을 하더니 물었다. 황명식 아저씨가 머리를 산발한 아줌마를 아래위로 훑어봤다.

"그런데 이를 어쩌나요. 이미 배역이 다 정해져서 댁이 들어온다고 해도 딱히 맡을 역할이 없는데요."

머리를 산발한 아줌마는 황명식 아저씨의 말 한마디에 이마를 타고 흐르는 머리카락을 쓸어 올리며 힘없이 돌아섰다.

8차 오디션에는 사 남매 팀만 참가했다. 결과는 탈락이었다.

"내가 또 한 번 오디션인지 지랄인지를 하면 황 씨가 아니라 똥 씨다. 아, 열 받아."

긍정의 아이콘인 황명식 아저씨도 열을 제대로 받았다.

8차 오디션이 끝나자 기다렸다는 듯 검은 안개가 밀려왔다.

나는 다시 도진도 아저씨 손에 끌려갔다.

"어떻게 되었니? 네 얼굴을 보니 마천이 우리의 요구를 들어준다고 한 거 같지는 않은데. 높은 자를 만나 네 문제에 대해 상의해보겠다는 말은 했니?"

"죄송해요."

"안 했어?"

"죄송해요."

"마천한테 다시 가."

도진도 아저씨는 어금니를 꽉 깨물고 낮게 말했다. 낮은 음성은 공포로 다가왔다. 나는 아무 말도 못 한 채 우두커니 서 있었다. 마천에게 갈 수도, 그렇다고 도진도 아저씨 말을 거절할 수도 없었다.

나는 내 운명을 떠올렸다. 아무 일도 일어나지 않는 것이 나에게는 진짜 어려운 일이구나.

침묵이 흘렀다. 그리고 서서히 안개가 걷혔다. 안개가 걷혔을 때 도진도 아저씨는 앞에 없었다. 눈앞에 펼쳐진 허허벌판 위로 뚝뚝뚝! 빗방울이 떨어지고 있었다.

네가 잡은 희망의 끈,
같이 좀 잡자

꽤 오랜 시간이 흘렀다. 비는 그치지 않았다. 나는 차마 도진도 아저씨 얼굴을 바라보지 못했다. 두려움은 시간이 지나면 지날수록 커졌지만 내가 할 수 있는 일은 없었다.

'시간아 가라, 시간아 가라, 어서 9차, 10차 오디션도 끝나라.'

나는 마음속으로 이런 주문을 외웠다.

"학생."

간절한 마음으로 주문을 외우고 있을 때 머리를 산발한 아줌마가 내 어깨를 치며 따라오라는 손짓을 했다.

"학생. 열여섯 살이라고 했지?"

"예."

"그래, 열여섯 살."

머리를 산발한 아줌마는 열여섯 살이라는 말을 꼭

꼭 씹듯 되뇌었다.

“우리 아들도 열여섯 살이거든.”

뭐 그럴 수도 있겠지. 그런데 그 얘기를 지금 이 시점에서 왜 나한테 하는지 알 수가 없었다.

“우리 아들도 열여섯 살이라고. 중학교 3학년.”

“예에.”

나는 고개를 끄덕였다.

“학생 이름이 나일호라고 했지. 나일호 학생, 아니 일호야.”

갑자기 머리를 산발한 아줌마가 내 손목을 잡았다. 나는 소스라치게 놀라 뒤로 몇 걸음 물러섰다.

“일호, 너 집으로 돌아갈 수 있다면서? 살아서 돌아가게 되었다면서? 그러면 내 부탁 좀 들어줘.”

나는 기절할 듯 놀랐다.

“누, 누, 누가 그래요?”

“누가 그랬는지는 중요한 게 아니잖아? 일호 네가 살아서 집으로 돌아가는 게 중요한 거지. 나에게 그 말을 해준 사람은 너만 살아서 돌아가는 것에 태클을 걸고 분노해야 한다고 했지만, 내 생각은 달라. 너는 애초에 여기에 올 아이가 아니었으니까. 내 부탁 좀 들어줄래? 우리는 같은 시에 살았어. 일호, 너는 어느 동네에 사니? 우리 동네는 마하동이야. 마하동 천지 아파트 502동 3003호. 동네가 다르다고 해도 같은 시니까 너희 집에서 멀지 않을 거야. 너, 살아서 돌아가면 우리 집에 좀 가줄래? 가서 우리 아들이 어떻게 지내고 있는지 좀 봐줘. 아빠한테 안 갔으면 보나 마나 밥도 안 먹고 있을 거야. 밥을 안 먹고 있으면 밥 좀 먹으라고 달래주고, 외로워 보이면 미안하지만 네가 친구도 좀 해주고 꼭 아빠에게 가라고 말해줘."

나는 머리를 산발한 아줌마를 멍하니 바라봤다. 머리를 산발한 아줌마가 하는 말은 귀에 들어오지 않았다. 도진도 아저씨가 소문을 내기 시작한 거 같은데 누구누구에게 했을까.

머리를 산발한 아줌마는 아주 오랫동안 자신과 자신의 아들에 대해 이야기했다. 처음에는 귓등으로 흘려들었는데 들으면 들을수록 집중이 되었다. 사연은 아주 눈물겨웠다. 머리를 산발한 아줌마는 미혼모였다고 했다. 아들을 입양 보낼까 어쩔까 망설이다가 직접 키우기로 결심했는데, 그 길이 험한 가시밭길이었다고 했다. 하루 세끼 먹을 돈이 없어 하루 두 끼를 먹는 날이 허다했고, 집주인이 집세를 올리는 바람에 이사도 스무 번 넘게 다녔다고 했다. 머리를 산발한 아줌마의 말을 들으면서 처음으로 내가 호화스럽고 사치스럽게 살았다는 생각을 했다.

"우리 모자는 서로 기대어 힘든 일도 극복했지."

"그런데 왜 죽으셨어요?"

서로 기대어 힘든 일을 극복할 사람이 있는데 왜 그런 선택을 했을까.

"얼마 전에 우리 아들의 생부를 우연히 만났지. 제법 잘살더라. 자존심이 상해서 말하고 싶지 않았는데 우리 아들이 클래식을 하고 싶어 하거든. 예고에 보내고 싶지만 그럴 형편이 안 되었는데 잘사는 생부를 만나니 눈이 번쩍하더라. 나는 아들의 학비를 부탁했지. 자존심 다 버리고 말이다. 그깟 자존심이 무슨 소용 있겠니. 생부는 내가 아들을 포기하면 아들을 자기가 거두겠다고 하더라. 내가 어떻게 아들을 포기하겠니? 십육 년 동안 그 아이가 없었으면 나는 그 시간을 살아내지 못했을 텐데. 아들의 미래를 포기할 수도, 그렇다고 아들을 포기할 수도 없었다. 그래서…….”

허허벌판을 바라보는 머리를 산발한 아줌마의 눈동자가 벌겋게 변했다. 벌겋게 변한 눈동자가 점점 더 짙어지고 선명한 핏빛으로 변했다. 아! 나는 마음속으로 신음을 냈다. 이 아줌마도 곧 피눈물을 흘리게 되는 건가?

머리를 산발한 아줌마는 나에게 주소를 다시 한번 말해주고는 다른 사람들이 이상하게 생각할 수 있다면서 자리를 떴다. 절대 나에게 태클을 걸고 싶은 마음도 없고 이 사실은 누구에게도 말하지 않고 혼자만의 비밀로 간직하겠다는 말도 했다.

“잠깐 보자.”

앉았던 자리로 돌아오는데 머리가 허연 할아버지가 내 팔을 잡았다. 손이 얼음장보다 더 차가웠다.

“너 살아서 돌아갈 수 있다면서? 아니, 곧 간다면서?”

“누가 그래요?”

“누가 그랬느냐는 건 중요한 게 아니고 말이다. 그 사람은 네가 혼자 돌아간다는 것에 대해 우리가 분노하고 들고 일어나야 한다고 했지만, 내 생각은 다르다. 너는 어차피 잘못 온 거니까. 다만 부탁이 있다. 너 어느 동네에 사는지 모르겠지만, 돌아가면 소동 시장에 좀 가줄래?”

“소동 시장이요?”

소동 시장은 우리 동네에 있는 바로 그 시장이다. 내가 나도희를 만났던 건물이 있는 곳. 이제는 찾는 사람이 별로 없어 을씨년스러운 그곳.

“그래, 소동 시장 뒷길로 가면 건강빌딩이라고 5층 빌딩이 있지.”

“예.”

그 5층 건물은 바로 나와 나도희가 떨어졌던 그 건물이다.

“그 건물 뒤쪽으로 가면 지하로 내려가는 계단이 있어. 계단을 내려가면 그릇들이 보일 거다. 하루에 한 번 그곳으로 밥을 먹으러 오는 길고양이 세 마리가 있지. 내가 밥을 주는 길고양이들이야. 아주 오래전부터, 그러니까 그 길고양이들의 엄마, 할머니, 증조할머니부터 내가 밥을 주었지. 내가 그 건물 3층에서 오랫동안 피시방을 했거든.”

나는 너무 놀라 비명을 지를 뻔했다. 어쩐지 얼굴이 낯익었다고 했다. 머리가 백발이라서 못 알아봤다. 할아버지는 피시방의 주인이었다. 몇 년 전만 해도 이 정도로 늙어 보이지는 않았는데, 세월을 한꺼번에 몇 년씩 먹지 않고서야 어떻게 한순간 저렇게 폭삭 늙을 수가 있는지 신기할 정도였다.

"저, 할아버지 알아요."

"나를? 그래, 어쩐지 낯이 좀 익긴 하다."

"저예요, 저 모르시겠어요?"

나는 나도 모르게 알은척을 하고 말았다. 할아버지는 한참 동안 내 얼굴을 뚫어져라 바라봤다.

"옳아. 너로구나. 얼마 안 본 사이 무지하게도 컸구나. 하긴 애들이야 자고 나면 크고 먹고 돌아서면 크는 법이지. 우리 피시방에 허구한 날 붙어살 때만 해도 땅콩처럼 작고 귀여웠는데. 그나저나 네가 돌아가게 되었다니 정말 다행이다. 아 참, 하던 말을 마저 해야지. 길고양이 세 마리가 있는데 그중에 한 놈이 다리가 아파. 얼마 전에 잡아서 수술하고 방사를 했는데 아무래도 수술이 잘못된 것 같기도 하고, 걱정이다. 돌아가면 거기에 가서 그놈을 좀 잡아서 병원에 데리고 가줘라. 그놈 다리를 해결해주고 세상을 뜨는 건데……. 6월 12일 그날, 나는 너무 격해 있었다."

할아버지 목소리가 촉촉이 젖어 들었다.

"그 시장을 중심으로 재개발이 되고 아파트 단지가 들어서게 되어 있단다. 빌딩값도 크게 올랐어. 아들들은 몇 년 전부터 그 빌딩을 팔아달라고 수시로 찾아왔단다. 말도 마라, 명절만 되면 그놈의 빌딩 때문에 형제들끼리 싸움도 나고, 아이고, 6·25 난리는 난리도 아니었지. 급기야 어느 날 새벽, 그러니까 정확하게 6월 12일 새벽이었단다. 큰아들과 작은아들이 무슨 일이 있었는지 그 새벽에 둘이 같이 나를 찾아왔단다. 그러고는 자는 사람을 깨워놓고 자기들끼리 싸웠지. 빌딩을 팔면 어떻게 나눠야 하는지 그걸 갖고 말이다. 형제가 아니라 원수도 그런 원수가 없었다. 애들 엄마가 일찍 세상을 등지는 바람에 혼자 죽어라 애간장 녹이며 키웠던 아들들이 그깟 5층 빌딩 하나 때문에 그러는 꼴을 더 보기 힘들었지."

할아버지는 말을 멈추고 허허벌판을 바라봤다. 할아버지의 눈도 핏빛으로 물들어갔다. 할아버지는 몇 번이나 내 손을 꼭 잡고 다리 다친 길고양이를 부탁했다.

"저도 돌아갈 수 있을지 어떨지 백 퍼센트 확실한 거는 아니에요. 하지만 돌아가게 된다면 그 고양이를 꼭 찾아볼게요."

나는 핏빛으로 변한 할아버지 눈을 보며 약속했다.

할아버지와 헤어진 후 나는 도진도 아저씨에게 갔다.

"다른 사람들 눈에 띄게 이런 식으로 찾아오는 거는 상당히 위험한데."

"이미 소문내고 있던데요."

"알았니? 내가 경고했잖니. 이제 시간이 별로 없는데 어쩌겠니. 하지만 너무 걱정은 하지 마라. 먼저 조용한 사람들한테만 알리고 있지. 비밀이니까 누구에게도 말하지 말라는 부탁과 함께 말이다. 하지만 나일호, 네가 이렇게 비협조적으로 나온다면 곧 시끄럽고 말 많은 사람들에게도 알릴 거다. 여기에 있는 모든 사람이 이 사실을 알게 되면 마천도 여러 사람 앞에서 오류를 저지른 것을 인정할 수밖에 없게 되겠지. 그럼 마천 혼자 네 문제를 해결하기는 쉽지 않을 거다. 결국은 저세상의 높은 자에게 해결 방안을 의논하게 되겠지. 운이 좋으면 저세상의 높은 자도 너를 보내라고 하겠지만 그렇지 않을 수도 있어. 내가 볼 때 죽은 사람을 다시 살려서 보낸다는 것은 여러 가지로 위험한 일이야. 여기도 규칙과 규율이 있다고 첫날 마천이 그랬잖니."

"아저씨, 저한테 대체 왜 이러세요?"

"더 길게 말하고 싶지 않다. 너에게 희망의 끈인 것은 우리에게도 희망의 끈이다. 같이 잡자는 거다. 같이 잡고 올라가자는 뜻이라고. 너라면 이곳에서 수억 년 동안 떠돌 수 있겠니?"

"힘든 거는 알아요."

이럴 수도 저럴 수도 없었다. 도진도 아저씨도 마천도 결코 만만하지 않았다.

두 팔과 두 다리가 아주 질기고 튼튼한 밧줄에 묶인 기분이었다. 풀어주지 않으면 절대로 끊어지지도 않고 끊어낼 수도 없는 그런 밧줄 말이다. 또 얼굴이 넓적한 점쟁이가 떠올랐다. 생각하면 생각할수록 족

집게다.

"아, 진짜 편지를 써서 카페에 올렸어야 하는 건데."

자리로 돌아오자 나도희가 또 그 말을 했다.

대체 무슨 편지인지 넋두리하듯 내뱉는 말을 들어주는 것도 귀찮았다. 내 속도 복잡해 죽겠는데. 그러다 나도희 눈과 마주쳤다. 도진도 아저씨는 왜 나도희만 뺀다고 했을까? 나도희의 눈과 마주치는 순간 그 생각이 났다.

"궁금한 게 있는데. 너, 저 아저씨와 아는 사이니?"

"당연히 아는 사이지. 옷을 벗어줬다가 더 추워지니까 치사하게 뺏어간 아저씨. 너무나도 잘 아는 사이지."

"아니, 내 말은, 살아 있을 때부터 아는 사이였냐고? 퍼뜩 떠오르지 않을 수도 있어. 잘 생각해봐."

나도희는 갸름하니 눈을 뜨고 도진도 아저씨를 바라봤다. 그러더니 콧방귀를 팽 뀌며 전혀 몰랐던 사람이라고 했다.

"진짜 쓰고 왔어야 했는데."

또 편지 타령이었다.

"무슨 편지?"

나는 한숨을 쉬며 물었다. 물어보지 않으면 끝까지 저럴 거 같았다.

"비밀이야."

그럴 줄 알았다.

"그래, 비밀 지켜. 자꾸 그러지 말고. 자꾸 그러다

보면 너도 모르게 비밀을 발설할 수 있고 그러면 큰 일이잖아, 그치? 부탁이다. 제발, 제발 비밀 좀 지켜, 응?"

"너는 말을 왜 그따위로 하니?"

내가 뭘 어쨌다고. 말하는 꼬락서니하고는. 왜 다들 나를 못 잡아먹어서 난리인지 모르겠다. 그래, 굳이 내 잘못을 찾자면 그날 옥상으로 올라간 게 내 잘못이긴 하다. 모른 척하고 그냥 지나갔으면 그만이었을 텐데.

"반사다."

난 나도희를 향해 손바닥을 활짝 펴보였다.

"뭐?"

"말을 왜 그따위로 하냐는 말 반사라고."

나는 자리를 털고 일어났다.

도대체 저한테 왜들 이러세요?

검은 안개가 한차례 더 밀려왔을 때 나는 검은 안개 속에서 불쑥 나온 손에 의해 끌려갔다. 당연히 도진도 아저씨라고 생각했지만 아니었다. 손의 주인은 사비였다. 나는 사비 손에 끌려 마천 앞으로 갔다.

처음 여기에 도착했을 때부터 지금까지 단 한 번도 본 적이 없는 공간이었다. 막아놓은 길옆으로 우거진 나무가 있었는데, 한 아름은 족히 넘을 거 같은 나무둥치 안에 구멍이 있었고 그 구멍 안으로 들어가자 넓은 공간이 나왔다.

"10차 오디션까지 가만히 있으면 아무 일 없이 돌아갈 수 있다고 했다. 그런데 왜 일을 복잡하게 만들려고 하지?"

마천은 화가 나 있었다. 마천은 내가 머리를 산발한 아줌마와 건강빌딩 할아버지에게 말을 한 것으로 알고 있었다. 정보가 빨랐다. 그 사실이 벌써 마천의 귀에 들어가다니.

“조심하라고 내가 분명히 말했을 텐데. 실망이다.”

“제가 그런 게 아니에요.”

도진도 아저씨를 끌어들이고 싶지는 않았지만 어쩔 수 없었다. 사방이 벽으로 꽉 막혔고 그 벽은 타고 오를 수 없을 정도로 높고 미끄럽다면, 타고 오르는 방법만을 고집할 수는 없다. 나가기 위해서는 다른 방법을 찾아야 한다. 그건 어쩔 수 없는 선택이다. 나는 마음을 굳게 먹고 사실대로 말했다.

“도진도? 그가 이 사실을 어떻게 아는데?”

“마천님과 사비님이 하는 말을 엿들었대요.”

“쥐새끼 같으니라고.”

내 말이 끝나자마자 마천이 이를 악물며 중얼거렸다.

“그래서 도진도가 너에게 뭐라고 하더냐? 하나도 빠짐없이 다 말해봐라.”

마천의 눈이 강력한 빛을 냈다. 그 눈빛에 온몸이 감전된 듯 저릿했다. 이거 혹시 말을 잘못한 거 아닌가? 마천이 화내는 모습을 보니 도진도 아저씨가 무사할 거 같지 않았다. 여기에서 무사하지 못한 것은 뭘까? 절대로 저 길을 통과하지 못하는 거? 아니면 여기의 추위 따위와는 비교도 할 수 없는 모질고 혹독한 다른 세상이라도 있나? 하긴 도진도 아저씨가 무슨 일을 당하든 나하고는 상관없지만. 그래도 슬며시 걱정이 되었다.

"빨리 말하라니까."

"그게……. 제가 말씀드렸던 거 있잖아요. 여기에 있는 사람들 모두 길을 통과하게 해달라는 것, 그리고 저를 집으로 돌려보내달라는 것. 그걸 요구하랬어요."

나는 나도희만 뺀다는 말은 하지 않았다. 지금 그건 중요한 게 아니었다.

"그래서 내가 나일호 네 요구를 들어주지 않으니까 너를 압박하기 위해서 한 사람 한 사람에게 소문을 내고 있는 거군."

마천이 팔짱을 꼈다.

"그자의 속내는 뻔합니다. 오류를 문제 삼아 어떻게 해서든지 길을 통과하겠다는 거지요. 하지만 그 요구에 협상해서는 안 됩니다. 그러면 일이 더 커질 수도 있고 나중에는 해결할 수 없을 정도가 될 수도 있습니다."

사비가 말했다.

"그렇다고 해서 도진도가 하는 짓을 가만 보고 있을 수도 없지 않냐? 오류를 저질렀다는 것이 그분의 귀에 들어가면 큰일인데."

마천은 한참 동안 생각에 잠겼다.

"나일호. 너는 그 여자와 백발의 남자에게 도진도가 헛소문을 내는 거라고 말해라. 그 소문을 듣고 네가 나를 만나 물어봤는데 죽은 자가 도로 살아서 돌아가는 일은 결코 없다고 했다고 해라."

"이미 돌아갈 수도 있다고 말했는데요. 마천님이 그랬다고."

"너는 어떻게 그렇게 경망스럽냐?"

사비가 소리를 빽 질렀다. 울컥했다.

"왜 다들 저한테 이러는지 모르겠어요. 나는 살았을 때나 죽었을 때나 아무 일도 일어나지 않고 단지 무사히 그 시간을 보내기만 바랐어요. 그런데 엉뚱하게 죽지를 않나, 이상한 곳으로 데리고 오지를 않나, 자기들 말대로 안 한다고 협박하고 야단치지를 않나. 왜 이러느냐고요?"

서러움이 밀려왔다. 무슨 이런 개떡 같은 운명이 다 있나 모르겠다.

"휴. 일은 이미 벌어졌고 해결을 해야 하니 이러는 거 아니냐. 일단 그 여자와 백발의 영감에게는 네가 거짓말을 한 거라고 해라. 시간은 얼마 남지 않았다. 10차 오디션이 끝날 때까지 잘 버티자. 10차 오디션이 마무리될 때까지 아무 일도 일어나지 않으면 너는 돌아가는 거다. 너를 집으로 돌려보낸다는 약속은 내 명예를 걸고 꼭 지킨다."

마천의 표정은 절박해 보였다.

"지금 이런 말씀 드리기는 참 그렇습니다만, 애초부터 불쌍하다, 가엾다, 이런 측은지심을 가져서는 안 되었습니다. 마천님께서 오디션이라는 절차를 만들어내느라고 얼마나 힘들었습니까? 그런데 그 노고를 아무도 몰라주고 있지 않습니까? 이 기회를 귀한 줄도 모르고, 죽을 둥 살 둥 매달려도 모자랄 판에 되니 안 되니, 스스로 포기하고 좌절하고……. 보기 참 딱합니다. 게다가 약점을 잡아 협박까지 하고 말입니다. 그저 주어진 시간을 차버린 대가를 치르게 두어야 했습니다. 아주 오래전, 하늘과 땅 그리고 이 세상과 저세상이 처음 창조되던 날부터 만들어지고 전해 내려온 규율과 규칙이 깨질까 봐 상당히 염려스럽습니다. 도진도는 참으로 골치 아픈 존재입니다. 그래서 도진도가 이번 무리에 섞여 있다는 소식을 들었을 때 이번에는 오디션을 하지 말자고 제가 그렇게도 간곡하게 말씀드렸던 겁니다."

사비가 한숨을 쉬었다.

사비의 말을 듣고 보니 도진도 아저씨가 무슨 문제라도 있는 사람 같았다.

"진짜 궁금해서 그러는데요. 도진도 아저씨가 어떤 사람인가요? 원래 적을 알아야 싸움에서도 이길 수 있다고 했어요. 도진도 아저씨가 어떤 사람인지 알아야 최소한의 방어도 하지요."

나는 심각한 얼굴로 물었다.

"너에게 자세한 이야기는 다 해줄 수 없고, 딱 한마디만 하자면 말이다. 그자가 여기에 있는 사람들을 모두 다 데리고 길을 통과하고 싶다는 이유가 뭔지 아니? 사실 혼자만 갈 수 있게 해달라고 조건을 내거는 게 누가 봐도 손쉬울 텐데 말이야."

맞다. 나도 그 생각은 했었다.

"저도 이상하다는 생각은 했어요. 말로는 다른 사람들을 이곳에 두는 것이 한없이 불쌍해서 그렇다고 말하지만, 저에게 하는 걸 보면 그렇게 착한 사람은 아닌 거 같고요."

"도진도, 그자는 길을 통과해서 저기에 당도했을 때 유리한 심판을 받기 위해서 사람들을 데려간다고 그러는 거다. 인간이 누군가를 어둠의 터널에서 구해낸다는 것은 대단한 덕을 쌓는 일이지. 그곳이 어디든 상관없이, 무슨 일이든지 상관없이 행위 자체로 좋은 평가를 받는다. 도진도는 그걸 알고 있다. 누군가를 어둠의 터널에서 구해내면 심판 때 세상에서 지은 죄가 확 깎인다는 걸 말이다. 도진도는 영리한 자라고 할 수 있지. 하지만 오디션에 합격하지 않은 이상 이 길은 절대 통과할 수 없다. 도진도는 내 약점을 이용해서 절대 일어날 수 없는 일을 일어나게 만들려는 거야. 그러나 다시 한번 말하지만, 그건 불가능해."

마천의 말을 간단하게 요약하면 도진도는 살았을 때 지은 죄를 감면받기 위해 여기 있는 사람들을 이용하려고 한다는 말이다.

"그런데요. 한 가지 이상한 점이 있어요. 사실 도진도 아저씨가 여기에 있는 모든 사람, 그러니까 저를 제외한 열두 명을 모두 다 통과하게 해달라고 하지는 않았어요."

"그건 또 무슨 소리냐?"

"나도희는 제외시켜달라고 했어요."

내 말에 마천과 사비는 서로 마주봤다.

"그건 또 무슨 의도가 숨어 있는 걸까요?"

사비가 물었다.

"오류의 약점을 또 다른 곳에도 써먹으려고 하는 건 아닐까요? 하여간 세상으로 나가기 전, 영혼이었을 때부터 문제가 많더니 끝까지 말썽이군요. 중간에 교묘하게 새치기를 해서 세상에 나간 거 아닙니까? 끝까지 시간을 채우지도 못할 거면서 남의 기회를 빼앗아가더니, 하여간 마음에 드는 구석이라고는 전혀 없는 자입니다. 미워하지 않으려고 노력해도 말입니다."

"사비, 일단 명부를 확인하러 다녀와야겠다. 나도희와 도진도, 무슨 상관이 있는 걸까? 무슨 의도인지 알아야 대책을 세울 수 있으니. 휴, 나의 측은지심으로 인해 이렇게 뒤통수를 맞는 일이 생길 줄은 꿈에도 몰랐다. 내가 어쩌다가 오류를 저질러서 이런 일을 당하게 되었는가."

마천이 넋두리처럼 말하는데 공연히 내가 미안해졌다. 다 내 잘못이라는 생각이 들었다. 어쩌다가 나도희 인생에 끼어들어서 이렇게 되었는지, 나도 억울하지만 마천도 나만큼 억울할 거 같았다.

"죄송합니다."

나도 모르게 사과했다.

"네가 미안할 거야 없지. 내가 잘못한 거니까. 네가 살아온 시간을 살펴보니 제 삶에 대해서는 줏대라고는 약으로 쓰려고 해도 찾아볼 수 없을 정도로 한숨이 나오지만, 심성이 착한 것만은 확실한 거 같다."

마천이 고개를 끄덕였다. 욕인지 칭찬인지 헷갈렸다.

"지금 출발하시면 9차 오디션을 시작하기 전에는 다녀오실 수 있으신가요? 명부를 확인하려면 시간이 걸릴 텐데요."

사비가 걱정스러운 표정을 지었다.

"빨리 다녀오도록 하지."

마천은 서둘러 밖으로 나갔다.

"명부가 뭔가요?"

마천이 나가고 나서 사비에게 물었다.

"세상으로 나간 영혼들의 기록이다. 영혼으로 흘러 다닐 때 서로의 관계도 세세히 기록되어 있지. 영혼일 때의 관계를 보고, 세상에 나간 후 절대로 마주쳐서는 안 되는 영혼들을 만나지 못하도록 한단다. 서로 만나지 않아야 할 관계들이 만나게 되면 큰일이 발생하거든. 너희들이 세상을 살 때 좋지 않은 관계라고 여겼던 사람들은 모두 현명하게 대처만 하면 아주 나쁜 관계는 되지 않는 이들이다. 진짜, 진짜 만나서는 안 될 사람들은 마천님이 모두 차단해놨으니까. 하지만 도진도가 죽어서까지 나도희에 대해 뭔가 앙심을 품고 있다면 이건 큰 문제야. 도진도는 그 당시 나가서는 안 될 영혼이었으니까 생각지도 못한 문제가 생겼을 수도 있지. 또 다른 오류가 생길 수도 있다. 하지만 하늘이 열리고 땅이 솟은 날부터 지금까지 그런 오류는 없었다. 그리고 오류는 오직 너 하나에서 끝나야 한다."

사비가 괴로운 표정을 지었다.

나는 사비 말을 들으며 문득 일주가 떠올랐다. 남매로 태어났지만 원수도 그런 원수가 없었다. 완전히 악연이라고 여긴 적도 많았다. 하지만 그 정도의 관계는 큰 문제도 아니라는 말인데, 내 생각은 달랐다.

'흥, 차단해야 할 관계 같은데. 일주와 내가 남매로 태어난 것도 마천이 오류를 저지른 거 같아.'

죽어서까지 앙심을 품은 정도는 아니어도 여전히 일주가 미웠다. 혹시 나와 일주 관계도 마천의 오류가 아닌가? 하나를 실수했는데 둘을 실수하지 않는다는 법이 어디 있담.

내 자리로 돌아올 때 도진도 아저씨가 다가왔다. 마천과 사비의 말을 듣고 나서인지 도진도 아저씨가 달리 보였다.

"마천이 왜 저세상으로 가는 거지? 뭔가 급한 일이 있는 거 같은 눈치던데? 나일호, 잘 생각해야 한다. 내가 네 편이겠니, 마천이 네 편이겠니? 마천은 오디션인지 뭔지 봐서 합격하면 길을 통과하게 해주겠지만, 풍기는 뉘앙스로 봐서 여태까지 단 한 명의 합격자도 내지 못했던 거 같다. 그렇다면 다른 속셈이 있는 거야."

"무슨 속셈이요?"

나도 모르게 물었다.

“그것까지야 나도 모르지. 아무튼 가장 중요한 거는 마천보다는 내가 더 믿을 수 있는 존재라는 거야. 만약 이런 식으로 10차 오디션까지 다 끝나고 마천과 사비가 그냥 사라져버리면 어쩔래? 너를 여기에 두고 말이다.”

무슨 그런 끔찍한 말을. 하지만 생각해보니 아주 틀린 말 같지는 않았다. 마천이 하는 말을 들으면 마천 말이 맞는 거 같고, 도진도 아저씨가 하는 말을 들으면 도진도 아저씨 말이 맞는 거 같았다.

도진도 아저씨는 마천이 저쪽으로 간 이유를 대라고 귀찮게 했다. 며칠 굶은 사자가 먹이를 문 것처럼 나를 꽉 물고 절대 놔주지 않았다. 절대 말해서는 안 될 거 같아 버티는데 지치고 힘들었다.

“추위가 밀려올 때마다 따뜻한 집이 그립지 않던?”

도진도 아저씨가 물었다.

당연히 그립다. 침대가 그립고, 욕조에 가득 찬 따뜻한 물이 그립고, 김이 모락모락 나는 국이 그립다. 오리털 점퍼도 무지무지 그립다.

“돌아가면 너는 오십팔 년 동안 따뜻한 곳에서 살다 정상적으로 죽는 거지. 이 끔찍한 곳과는 영영 이별인 거야. 오십팔 년 동안 너에게는 많은 일이 있을 거다. 좋아하는 사람도 생길 거고 결혼도 할 테지. 그리고 아들딸도 낳을 테고 말이야. 어때, 그 생각을 하면 설레지 않니?”

무슨 말씀을! 그 부분에 있어서는 전혀 설레지 않는다. 내 목표는 아무 일 없이 사는 거다. 여자친구를 사귀게 되면 얼마나 많은 일이 일어날까? 드라마나 영화를 보면 연애라는 것은 그야말로 롤러코스터를 타는 것과 같다. 결혼? 아들과 딸? 노우! 노우! 나는 가끔 아빠의 한탄 소리를 들었다. 그저 혼자 사는 게 최고라고. 가족이 어깨 위에 얹힌 짐이라고. 뭐, 내가 아빠 속을 뒤집어놓을 때 하는 넋두리이긴 하지만 사람의 본심이라는 것이 그럴 때 나오는 거 아닐까.

"그 오십팔 년 동안 너는 맛있는 것, 먹고 싶은 것도 많이 먹을 수 있고 여행 가고 싶은 곳에도 여행을 갈 수 있어. 설레지 않니?"

노우! 노우! 설레기는커녕 생각만 해도 귀찮다. 비만을 넘어서서 살살 고도비만을 향해 치닫는 내 몸에 맛있는 것, 먹고 싶은 것을 생각하면서 설렌다면 그건 죄악이다. 여행? 아이고야, 그렇게 위험한 것을 왜 돈 주고 한담. 어디서 무슨 일이 생길 줄 알고.

나는 도진도 아저씨 말을 들으면서 깨달았다. 추위가 없는 곳이라면 굳이 세상으로 돌아가지 않아도 괜찮다는 것을. 내가 지금 집과 원래 살던 세상을 그리워하는 것은 오로지 추위를 피하고 싶었기 때문이라는 것을.

"저는 하나도 안 설레요."

"미친놈."

도진도 아저씨가 공연히 욕을 했다.

죽은 자의
편지를 쓰라니!

마천은 돌아오지 않았다. 정확한 시간은 알 수 없지만 느낌상 9차 오디션을 시작하고도 남을 시간이 지났음에도 오디션은 시작되지 않았다. 사비는 길게 난 길을 초조하게 바라보며 마천을 기다렸다. 기다려도, 기다려도 마천이 돌아오지 않으면 어떻게 되는 걸까? 나는 문득 두려워졌다. 모든 게 여기에서 멈추는 게 아닐까? 9차, 10차 오디션은 없어지고 사람들은 여기에 남아 더욱더 처절하게 변해가는 건 아닌지. 몸서리가 쳐졌다. 춥지만 않으면 굳이 집에 돌아갈 이유는 없을 거라고 생각했던 게 후회되었다.

"왜 9차 오디션을 안 하지? 시간이 지난 거 같은데?"

황명식 아저씨가 제일 먼저 말했다.

"어차피 탈락일 거, 하든 안 하든 그건 중요한 게 아니지요."

이수종은 또 셔츠 자락으로 시계를 박박 문지르고

있었다.

"참 보면 볼수록, 겪으면 겪을수록 단조로운 인간일세. 오디션을 더 이상 하지 않는 것도 이상하지만, 중요한 것은 마천이 없다는 거야. 그럼 뭔가 이상하다는 것 정도의 의심은 품어야 해. 그걸 보고 합리적 의심이라고 하지. 합리적 의심도 못 하는 정도면 아예 생각이라는 걸 하지 않고 살았다는 증거군."

"쓸데없는 생각을 하고 살면 머리만 아프지요."

"저렇게 단조로운 인간이 무슨 번뇌로 스스로 죽음을 택했을까?"

"그러는 황명식 씨는 욱하는 성질을 이기지 못하고 죽은 거잖아요? 황명식 씨나 저나 크게 중요한 일로 번뇌하다 괴로워서 죽은 건 아닌 거 같은데, 그렇게 잘난 척은 하지 마시지요. 그리고 분석가인 진주구슬 누님께서 황명식 씨 보고 단조로운 인간이라고 했는데, 그걸 왜 자꾸 저한테 써먹는 거죠?"

"야, 황명식 씨라고 부르지 말라고 했지? 내가 네 친구냐? 나이가 스무 살 차이야, 새끼야. 듣자 듣자 하니까 기분 더럽게도 나쁘네."

"'씨' 자를 붙였잖아요."

또다시 황명식 아저씨와 이수종이 말씨름을 시작했다. 문득 엮여서는 안 될 관계라는 마천의 말이 떠올랐다. 황명식 아저씨와 이수종은 차단되었어야 할 관계였나? 이건 분명히 합리적 의심이었다. 그렇지 않고서야 입만 열면 싸우기도 쉽지 않다. 마천은 돌아오지 않는데 둘이 싸우는 걸 보니 심란했다.

"마지막 편지를 꼭 쓰고 왔어야 하는 건데."

나도희는 또 편지 타령을 시작했다. 얘는 또 왜 신경 쓰이게 이러는지 모르겠다. 아는 체하고 물어보면 보나 마나 비밀이라고 할 거면서 말이다. 아주 다들 심란하게 만들려고 작정한 거 같았다.

"나일호. 마지막 편지를 쓰고 왔어야 했다고. 마지막 편지."

"무슨 내용의 편지인데 자꾸 그래?"

절대 물어보지 않으려다 마지막이라는 말에 흔들렸다. 마지막은 슬픈 말이다. 모든 걸 끝낸다는 말이다. 수많은 추억과, 기억과도 안녕을 고한다는 말이다. 나도희가 자처한 마지막이긴 하지만, 그래도 마지막은 누구한테나 슬픈 거다.

"진짜 나는 내가 살던 세상으로 돌아가지 못하는 거 맞지?"

편지 얘기를 하다가 갑자기 생뚱맞은 소리를 했다.

"당연히 못 가지."

"괜히, 괜히…… 괜히 죽은 거 같아. 후회돼. 편지를 써놓고 왔다면 이런 후회까지는 하지 않을 텐데."

나도희가 아랫입술을 질끈 깨물었다.

"무슨 내용인데 그래?"

나도희는 이마로 흘러내린 머리를 쓸어 올렸다. 훤히 드러나는 이마에 퍼런 반점이 선명했다.

"무슨 내용이냐고?"

"나를 미워하지 말라고."

다소 어이가 없었다. 대단한 내용인 줄 알았는데 솔직히 실망스럽기까지 했다. 죽는 마당에 사람들이 나를 미워하거나 말거나 그게 무슨 상관이람.

"절대 나를 미워하지 말아달라고."

나도희는 꼭꼭 씹듯 말을 되뇌었다.

"그건 그렇게 중요한 게 아니야. 너는 이미 죽었고, 사람들 기억 속에서 서서히 사라질 거야."

"기억 속에서 사라진다고? 말도 안 돼."

나도희가 이맛살을 찡그렸다.

말이 된다. 할머니가 세상을 떠나던 날, 고모는 할머니를 따라가겠다고 울고불고 난리였다. 모두들 고모의 모습을 보며 함께 울었다. 쉰 살이 다 된 고모는 결혼하지 않고 할머니와 단둘이 살았었다. 그런데 할머니가 갑자기 곁을 떠났으니 그 상실감과 슬픔이 오죽할까 싶었다. 그때 엄마가 "시간이 약이에요, 시간이 가면 잊혀요" 이렇게 말했다가 고모한테 머리채를 잡혔었다. 할머니와 고모 사이의 정을 뭘로 보고 시간을 운운하느냐고 말이다. 문상객들이 잔뜩 와 있는 초상집에서 검은 한복을 입은 엄마와 고모가 머리채를 잡고 싸우는데, 창피해서 기절하는 줄 알았다. 그때 나는 엄마가 잘못했다고 여겼다. 그만큼 할머니와 고모의 관계는 절절했다. 밖에서 콩 한 쪽을 먹다가도 서로를 생각해서 싸오는 그런 사이였으니까. 그런데 할머니가 세상을 떠나고 일 년도 채 되지 않아 고모는 할머니를 완전히 잊은 듯했다. 시간이 가면 잊힌다는 엄마 말은 정답이었다.

"내 팬들이 나를 잊는다는 말이야?"

"응. 시간이 그렇게 만들어."

"말도 안 돼."

나도희가 또 말도 안 된다고 했다.

"인정하기 싫겠지만 그건 사실이더라고."

나도희가 숨을 몰아쉬었다. 지금 보니 퍼렇게 변한 부분을 중심으로 주름이 자글자글 잡히고 있었다. 나도 모르게 신음소리가 나왔다.

"나는 잊히는 게 제일 무서워. 그래서 혹시나 내가 잊히는 일이 있을까 봐서 하루하루가 살얼음판 위를 걷는 거 같았어. 나에게 열광적이던 팬들이 한순간 등을 돌리면 어쩌나, 나를 미워하면 어쩌나……. 늘 불안했어."

참 걱정도 팔자였다. 일어나지도 않은 일을 미리 걱정하고 불안해하다니. 내가 볼 때 나도희는 백 년은 너끈히 인기를 얻고 살 거 같았는데.

"랩 가사 문제가 터지고 금정호 문제도 덩달아 터져서 배신자라는 말을 들었을 때 진짜 무서웠어."

순간 가슴 한쪽이 찔렸다. 내가 쓴 댓글을 말하는 건가?

"이러다 사람들이 다 나를 떠나면 어쩌지? 잠도 못 잤어. 밥도 못 먹고."

에이, 그건 거짓말이다.

나는 그때를 똑똑히 기억한다. 나도희는 뻔뻔하게 고개를 쳐들고 다녔고, 아무 일도 없다는 듯 웃는 얼굴로 사진을 찍어 인스타그램에 날마다 올렸었다.

"나는 어느 순간 내 의도와는 상관없이 꼭대기에서 있었어. 천재 래퍼라는 소리를 듣고 있었고, 집은 선물로 넘쳐났어. 모두들 나를 좋아한다고 열광했어. 그런데 꼭대기에 있는 게 얼마나 불안한 건지, 나일호 너는 아니?"

"당연히 모르지."

나는 꼭대기가 어떤 곳인지 올라가본 적이 없다.

"저를 사랑해주었던 팬 여러분. 저는 여러분의 사랑만을 기억하고 싶어요. 여러분도 저의 좋았던 점만 기억해주세요. 제발 저를 미워하지 말아주세요."

나도희는 시를 읊듯 천천히 말했다.

"미움받을 짓을 했나 보네. 대체 얼마나 큰 잘못을 했기에 제발 미워하지 말라고 매달리냐?"

나는 중얼거렸다. 나도희가 나를 쏘아봤다.

공연한 말을 한 거 같아 후회되었다. 그냥 조용히 들어주고 말걸. 지금 그런 게 무슨 상관이라고.

나도희는 죽었다. 살던 세상과는 이미 끝났다. 무슨 일이 있어도 나도희는 돌아갈 수 없다. 편지를 쓰고 오지 못한 걸 아쉬워해도, 두고 온 팬들이 저를 미워할까 봐 걱정해도 그건 다 쓸데없는 짓이다. 나는 내 입을 꼬집었다. 진짜 괜히 말했다.

미안하기도 하고 나도희 얼굴을 쳐다보고 있기도

그렇고 해서 이곳저곳을 한참 서성이다 돌아왔다.

"나일호. 너 세상으로 돌아갈 수도 있다는데 그게 사실이니?"

그사이 무슨 일이 있었는지 나도희는 흥분을 감추지 못하고 있었다.

"누가 그래?"

당연히 도진도 아저씨겠지.

"누가 그런 거는 중요한 게 아니고, 그 말이 사실이야? 그럼 내 부탁 좀 들어줘. 내 아이디를 알려줄 테니까 돌아가면 네가 나 대신 카페에 편지 좀 올려줘."

하도 어이가 없어서 말도 나오지 않았다. 내가 나도희의 아이디로 팬카페에 편지를 올린다고 해보자. 나도희는 이미 죽었는데 나도희 이름으로 편지가 올라온다면 처음에는 귀신이 나타났다고 떠들썩할 수도 있겠지. 하지만 누가 그런 편지를 올렸는지 점점 의심을 가질 테고, 급기야 사이버 수사대가 출동할 수도 있다. 나는 죽은 자의 아이디를 훔쳐 요상한 편지를 쓴 죄를 뒤집어쓰게 되고 말이다.

"그건 곤란하지."

나는 그럴 수 없는 이유를 설명했다. 내가 돌아가게 될지 못 가게 될지는 알 수 없지만, 아닌 건 확실히 아니라고 못을 박아 두는 게 나을 거 같았다. 나도희가 실망을 넘어 절망했다.

"그리고 내가 돌아간다는 가능성도 희박해."

나는 그 점도 강조했다.

멍청하게 앉아 있던 나도희가 갑자기 무릎에 얼굴을 묻더니 울기 시작했다. 바짝 마른 울음을 토해내느라 나도희의 가슴이 타버리지는 않을까 걱정이 될 정도였다.

"돌아가게 될 가능성은 희박하지만 그래도 가능성이 아주 없는 거는 아니잖아. 만약 돌아가게 된다면 내 부탁 좀 들어주면 안 돼?"

실컷 울고 난 나도희가 물었다. 얘도 보통 고집이 아니다. 진짜 왜들 다 나를 갖고 이러는지 모르겠다.

"나는 진짜 너에게 미안하게 생각해. 나 때문에 네가 이런 고생을 하고 있으니까."

내가 대답을 하지 않자 나도희가 심각하고 진지하게 말했다. 무슨 말을 하든 도도하고 왕싸가지다운 태도를 유지하던 나도희였다. 그런데 그 태도를 싹 지운 모습이 낯설기까지 했다.

"하지만 잘 생각해보면 네가 나를 따라 여기에 온 것은 나를 도와주기 위한 운명인 거 같아."

뭔 그런 말도 안 되는 소리를. 운명이라는 말만 들어도 머리가 지끈거린다. 내가 나도희 저랑 무슨 상관이라고 저를 도와줄 운명이라고 한담. 아닌 말로 살아 있을 때 말이라도 한 번 건네 보기를 했나, 뭘 했나. 하지만 이런저런 말을 하는 게 귀찮았다.

"만약 돌아가게 된다면 생각해볼게."

나는 일단 이 귀찮은 상황에서 벗어나고 싶었다. 나도희 얼굴이 밝아졌다.

"그런데 진짜 궁금한 게 있어. 랩 가사 말이야. 랩 가사에 대한 진실은 뭐니?"

나는 구석에 찌그러진 깡통처럼 처박혀 있는 금정호를 볼 때마다 궁금했던 것을 물었다.

"좋아. 너에게는 진실을 말해주어야 할 거 같아. 나는 금정호와 사귀었어. 너도 알고 있지?"

"뭐, 대충. 소문을 들었으니까."

하지만 소문이 사실이라니 놀라웠다. 둘은 진짜 어울리는 구석이라고는 눈곱만큼도 없었는데.

"하지만 나와 금정호가 사귄 건 몇 달 안 돼. 금정호, 되게 착한 아이야. 처음에는 그래서 금정호를 좋아하게 되었어."

나도희는 덤덤하게 이야기를 이어갔다. 나도희 말은 이랬다. 나도희가 오디션에서 떨어진 어느 날이었단다. 세 번째 오디션에서 떨어진 날, 나도희는 말도 못 하게 우울했다고 한다. 엄마는 당장 다 때려치우고 공부나 하라고 말했다고 했다. 그날 비가 엄청나게 많이 내렸는데, 나도희는 집에서 뛰쳐나와 우산도 없이 길거리를 정처 없이 걸었단다. 몇 시간을 걷고 나자 어느 순간 살이 에일 듯한 한기가 들어 따뜻한 가게에 들어가고 싶었지만 주머니에는 돈 한 푼 없었다고 했다. 그때 길에서 우연히 금정호를 만난 거다. 얼굴이 낯익은 것으로 봐서 같은 학교에 다닐 거라고 여긴 나도희는 돈 좀 빌려달라고 했는데, 금정호는 돈을 빌려주는 것은 물론 제가 쓰고 있던 우산까지 내주었단다. 그깟 우산 돌려주지 않아도 상관없다는 생각이 들긴 했지만, 그날 그 막막한 순간에 금정호가 나타나지 않았으면 어땠을까 싶었다더라. 그래도 고맙다는 말은 전해야 할 거 같아서 금정호 집으로 찾아갔다고 했다. 학교에서는 아이들 눈이 있어서 차마 금정호를 찾아갈 생각을 하지 못했던 거다.

금정호네 집 현관 앞에서 우산과 돈을 돌려주는데, 하필이면 그때 외출했던 금정호 엄마가 돌아오면서 친구면 들어와서 뭐라도 먹고 가라고 잡았다고 했다. 그날, 나도희는 금정호 책상 위에서 분홍빛의 작은 공책을 발견했는데 중학생 남자아이와는 왠지 어울리지 않는다는 생각이 들어 그 공책을 들춰봤다고 한다. 그렇게 금정호가 공책에 낙서처럼 적어놓은 글을 보게 되었고, 그 글이 나도희가 부르는 랩의 가사가 되었던 거다. 나도희는 그 가사의 랩으로 본 오디션에서 당당히 우승했다. 그렇게 나도희는 유명해지면서 승승장구했다.

"유명해지니까 금정호를 찬 거니? 카페에 올라왔던 그 글이 맞는 거야?"

나도희는 대답하지 않았다.

"좋아, 찰 수도 있어. 하지만 팬카페에 가사에 대한 의문의 글들과 증거가 올라왔을 때 왜 입을 다물고 있었어? 아니지, 가만히 있기는커녕 보란 듯 더 행복한 표를 내며 다녔지. 그 바람에 진실을 밝히지 않고 침묵을 지킨다고 네 찐 팬들한테 금정호만 욕을 먹었잖아?"

생각할수록 나도희가 괘씸했다.

밝히지 못했던 진실, 그 진실 앞에서 찌그러진 깡통처럼 침묵만 지키고 있던 금정호. 그 멍청하고 바보 같고 찌질이 같은 그놈이 갑자기 불쌍해서 견딜 수가 없었다. 설마 금정호는 조금의 죄의식도 없이 자기가 가사를 쓴 것처럼 행동하는 나도희를 아직도 좋아하고 있는 건가? 그게 사실이라면 멍청한 놈 중 갑인 것을 인정한다.

"네 팬들에게 미워하지 말라는 편지를 쓸 게 아니라 금정호한테 미안하다고 써야 하는 거 아니니?"

"내 말 좀 끝까지 들어봐. 팬들에게 미워하지 말라는 편지를 쓰고 그 밑에 추신 하나를 더 써줘. 내 랩에 대한 저작권 중 일부를 금정호에게 준다고."

"가사를 금정호가 썼다는 말은?"

"그건……. 그 말까지 일일이 쓰지 않아도 저작권의 일부를 준다고 하면 당연히 그럴 거라고 생각들을 하겠지."

"직접적으로 써야지. 금정호가 가사를 썼다고."

"직접적으로는 곤란해. 그러면 팬들이 나에게 배신감을 느끼고 미워할 거야."

돌아갈 수도 있을지 없을지도 모르는 상황에서도 화가 났다. 진짜 돌아가고 싶다. 돌아가서 나도희 팬카페에 '랩 가사는 금정호가 썼다'라고 편지를 남기고 싶다.

심사위원들의 정체

마천이 돌아왔다. 피곤한 기색이 역력한 마천은 오자마자 나를 은밀히 불렀다. 나와 마천과 사비는 나무둥치 안에서 마주 보고 앉았다.

"나도희와 도진도의 연결고리를 찾지 못했다. 그 둘은 세상에 나갈 때 티끌만 한 연결 고리도 없었다. 둘은 같은 동네에 살지도 않았으며 살아생전 단 한 번도 마주친 적이 없었다. 도진도가 6월 12일 그곳에 갔던 이유가 뭔지 모르겠지만, 도진도는 그 시에 살지도 않았다. 연결고리를 알 수 없으니 도진도가 무슨 짓을 저지른다고 해도 막을 방안이 없구나."

나는 잠시 마천과 마주 앉아 있다 밖으로 나왔다.

나무둥치에서 나와 몇 걸음 걸어가다 멈춰 섰다.

'나를 꼭 보내준다는 약속은 지킬 건지 다시 물어봐야 하는 거 아닌가?'

나는 도로 나무둥치로 갔다. 안으로 들어가려는데

마천이 하는 말이 귀에 쏙 들어왔다.

"아무래도 이번 오디션이 마지막이 될 수도 있겠다. 이 모든 사실이 그분의 귀에 들어가는 것은 시간 문제야. 마지막일 수도 있는데 누구라도 구제해주고 싶구나. 어떻게 하면 좋을까. 심사위원이 자신들이라는 힌트를 주면 합격자가 나오지 않을까?"

"마천님. 복잡한 일을 당하셨으면서 또 그런 동정을 하십니까? 안 됩니다. 오디션을 만들어낼 때 오디션에 대한 힌트는 주지 않겠다고 그분과 약속하지 않으셨습니까? 지금 도진도와 나일호 문제만으로도 머리가 복잡합니다. 어서 10차까지 아무 일 없이 무사히 마쳤으면 하는 게 제 바람입니다. 그리고 다시는 오디션을 열지 않는다면 마천님에게나 저에게 그보다 더 안전한 일이 어디 있겠습니까."

사비가 말했다.

"여태 단 한 명의 합격자도 내지 못했으니 하는 말 아니냐? 시작은 했으나 아무런 열매를 맺지 못했으니 시작하지 않은 것보다 나은 게 뭐가 있냐?"

"그래도 최선을 다하셨습니다."

"자신들이 두고 온 시간의 미래를 상상해보라는 힌트는 어떨까? 이건 큰 힌트는 아닌데 말이다."

"마천님, 제발요."

"자신들이 두고 온 시간을 진지하게 생각하다 보면 스스로에게 하고 싶은 말이 생각날 테고, 그러면……."

마천과 사비가 알아듣지 못할 말을 이어갔다.

쾅!

그때였다.

세상이 깨질 듯 천둥이 쳤다.

후두두둑.

빗방울이 허허벌판을 때렸다. 빗방울은 금세 거친 빗줄기로 변했다. 빗소리 때문에 마천이 하는 말을 더는 들을 수 없었다.

"9차 오디션을 시작하겠다."

빗소리를 뚫고 사비의 목소리가 들려왔다.

9차 오디션 참가자는 없었다.

비는 그칠 줄 모르고 퍼부었다. 허허벌판 위로 물이 차오르기 시작했다. 사람들은 앉아 있던 자리를 물에 빼앗기고 선 채로 서성거렸다.

나는 마천의 말뜻에 대해 곰곰이 생각했다. 맞추기 어려운 퍼즐 세 조각을 이리저리 맞춰보았다.

'심사위원이 자신이라고? 두고 온 시간의 미래를 상상해보라고? 그러면 스스로에게 하고 싶은 말이 있을 거라고? 그렇다면 심사위원 열세 명이 여기 있는 사람들의 영혼이라는 말인가?'

얼굴이 보이지 않도록 모자를 뒤집어쓴 채 말 한마디도 하지 않는 심사위원들을 떠올렸다. 자세히 보이지는 않지만 반쯤 드러난 얼굴에서 느껴지는 분위기는 어둡고 침울했다. 자신에게 닥친 사연과 사정을 넘지 못하고 세상과의 단절을 선택했던 사람들의 마음을 겉으로 나타낸다면 심사위원들이 풍기는 그런 분위기가 아닐까, 하는 생각이 들었다.

'그럼 심사위원 열세 명 중에 내 영혼도 있는 건가?'

내가 맞춘 퍼즐이 맞는다면 그럴 거다. 그 생각을 하자 가슴이 폭발하듯 뛰었다. 내게서 떨어져나간 또 다른 나, 내 영혼을 가까이에서 보고 싶었다.

비가 그치고 난 후 나는 마천과 사비의 눈을 피해 심사위원들이 있는 곳으로 갔다. 심사위원 열셋은 옹기종기 모여 물로 가득 찬 허허벌판을 바라보고 있었다. 나는 처음으로 심사위원들의 반쯤 드러난 얼굴을 자세히 봤다. 하나같이 감정이라고는 눈곱만큼도 들어 있지 않은 굳은 표정이었다.

"저기, 제 심사위원은 누구신지요?"

나는 조심스럽게 물었다. 심사위원들 중 한 명이 턱을 살짝 치켜들었다. 순간 가슴이 뛰었다.

"저 아세요?"

나는 이 심사위원이 진짜 또 다른 나일호가 맞는지, 내 영혼이 맞는지 확인하고 싶었다.

"……."

"저 아시냐고요?"

"……."

"혹시 나일호세요?"

심사위원은 대답하지 않았다. 나는 코 아래로만 보이는 심사위원의 얼굴을 뚫어져라 바라봤다. 둥글둥

글한 콧방울에 벌렁코 그리고 둥글넓적한 턱이 나와 많이 닮아 있긴 했다. 하지만 더 물어봤자 소용없을 거 같아서 뒤돌아섰다.

"어이, 나일호."

서성거리고 있던 황명식 아저씨가 나를 보더니 반색하며 반겼다. 다정하게 내 손목도 잡았다.

"나일호, 너 살던 세상으로 돌아간다면서? 네가 나도희를 살리려다 죽은 게 밝혀졌다면서?"

황명식 아저씨는 흥분하고 있었다.

"누가 그래요?"

"누가 그런 게 뭐 중요해? 소문 쫙 났는데. 이야, 참 잘되었다. 그래서 말인데."

황명식 아저씨가 호젓한 곳으로 나를 데리고 갔다.

"내 부탁 하나만 들어줘라. 돌아가게 되면 그 노친네 좀 찾아가줘라. 임금 못 받은 그 노친네 말이다. 그 노친네, 아무래도 불안해. 죽을 거 같더란 말이다. 야, 너도 보다시피 여기가 어디 올 곳이냐? 나도 이런 곳으로 올 줄 알았다면 절대 죽지 않았을 거다. 그 노친네한테 가서 정상적으로 시간을 꽉 채워 살라고, 죽을 날도 머지않았을 테니 쓸데없는 생각은 하지 말라고 꼭 좀 전해줘라. 주소가 뭐더라?"

주소를 생각해내느라고 양손으로 머리를 잡고 안간힘을 쓰고 있는 황명식 아저씨를 바라보는데 가슴이 뭉클해졌다. 욱하는 성질이 있긴 하나 황명식 아저씨, 참 괜찮은 사람이다. 두고 온 그 많은 시간을 알

뜰히 챙겨 살았더라면 어려운 사람, 불쌍한 사람들을 위해 목소리도 내주고 위로도 해주었을 사람이다. 나는 황명식 아저씨가 두고 온 시간들이 말도 못 하게 아까웠다.

“생각났어, 생각났어. 마하동 진주빌라 1동 101호야.”

“아저씨는 정치를 했으면 참 좋았을 거 같아요.”

나도 모르게 나온 말이었지만 말을 하면서도 옳은 말을 하고 있다는 생각이 들었다.

“정치? 얘가 자다가 뭔 남의 허벅지 긁는 소리를 하고 있어?”

“제가 볼 때 아저씨는 되게 가난하고 어렵게 살았어요. 그런데도 아저씨보다 더 어려운 사람들 사정을 알아주고 살펴주고 위로해주잖아요. 그리고 죽어서까지 남 생각을 하고요. 아저씨 같은 사람이 정치인이 되었으면 참 좋았을 거라는 생각이 문득 들었어요. 대통령을 했으면 더더욱 좋았을 테고요.”

“별 미친 소리를 다 들어보겠네. 나는 정치라면 딱 질색이다. 아무튼 내 부탁 들어주는 거지? 그런데 언제 가게 되냐? 되도록 빨리 갔으면 좋겠는데. 그 노친네가 엉뚱한 생각하기 전에.”

“언제 갈지는 모르지만, 가게 되면 아저씨 부탁은 꼭 들어 드릴게요.”

황명식 아저씨는 고맙다는 말을 몇 번이나 했다. 이러다 못 가게 되면 미안해서 어떻게 하나 걱정이 될 정도였다.

"그나저나 아저씨는 앞으로가 걱정이 안 되세요?"

나는 진심으로 물었다.

"뭐가?"

"이제 오디션은 한 번밖에 남지 않았어요."

"한 번이든 두 번이든 의미 없어. 합격할 수 없으니까."

황명식 아저씨도 이제 포기한 거 같았다.

"이러고 수천 년, 아니, 재수 없으면 수억 년을 떠돌며 생활해야 하는데 그건 겁나지 않으세요?"

"당연히 겁나지."

황명식 아저씨는 물이 철렁거리는 허허벌판을 하염없이 바라봤다.

"하지만 어쩌겠니? 이미 일은 벌어진 거고 깨진 그릇이나 마찬가지인데. 깨진 그릇을 도로 붙일 수는 없지 않니."

황명식 아저씨는 잠시 말을 멈추고 두 손으로 얼굴을 문질렀다. 손이 스쳐 지나가자 퍼런 얼굴은 새까맣게 변했다.

"후회해봤자 소용없지만, 죽기 전의 나로 돌아갈 수 있다면 나는 절대로 똑같은 선택은 하지 않았을 거 같다. 부딪혀보면 다른 방법이 있었을 수도 있는데, 그저 이 욱하는 성질이 문제였지. 그럼 꼭 부탁한다."

선택을 후회한다고 말하는 황명식 아저씨의 얼굴 위로 그늘이 스치고 지나갔다. 황명식 아저씨는 꼼짝도 하지 않고 그대로 앉아 생각에 잠겼다.

내 자리로 돌아왔을 때 진주구슬이 내 손을 덥석 잡았다. 진주구슬도 내가 돌아갈지도 모른다는 정보를 주워들은 거라고 직감했다.

"나일호, 너 돌아간다면서?"

나는 더 이상 누구한테 들은 말이냐고 묻지 않았다. 이제 그건 더 이상 중요한 게 아니다. 비밀도 아닌 거 같았다. 다만 내가 돌아갈 수 있는 확률이 점점 줄어들고 있다는 불안감이 커졌다.

"잠깐 나 좀 볼래?"

"아무도 없는 곳으로 가자고요? 가요."

나는 진주구슬을 따라갔다.

"내 부탁 좀 들어줄래? 그냥 해달라는 말이 아니야. 대가는 지불할게."

"대가요?"

"응. 내가 현금이 꽤 있거든. 그거 너 다 가져도 좋아. 우리 집 주소를 알려줄게. 우리 집 안방 금고가 있거든. 아, 맞아. 금고 비밀번호도 알려주어야겠다."

사람이 죽으면 이성까지도 상실하나? 한 명은 아이디를 알려줄 테니 편지를 쓰라고 하지를 않나, 한 명은 자기 집에 들어가서 돈을 가져가라고 하지를 않나.

내가 만약 살아서 돌아간다고 치자. 진주구슬의 부탁이 뭔지는 모르지만 그 부탁을 들어준 대가로 금고 안에 있는 현금을 다 가져갈 수 있다고 진주구슬이 허락을 한다고 치자. 내가 진주구슬의 집에 무턱대고 들어가는 것은 법을 어기는 일 아닌가? 주거침입죄인지 뭔지 그런 법이 있던데. 그리고 금고에 손대는 것 역시 그렇다. 죽은 사람한테 허락을 받았다고 말하면 믿어줄 사람이 있을까? 보나 마나 미친 사람 취급을 받을 거다. 아이고야, 만약에 돌아간다면 귀신으로도 몰리고 미친 사람으로도 몰리게 생겼다.

"돈은 됐고요. 무슨 부탁인데요?"

그래, 어차피 이렇게 된 거 다 들어나 보자 싶었다.

"그 남자를 찾아가줘."

"그 남자요? 칠 년 동안 사귀었던 그 남자요?"

"응."

진주구슬의 눈 밑이 어두워졌다. 나는 진주구슬이 스스로 죽음을 선택한 이유에 대해 확실히 알 수 있었다. 역시 그 남자 때문이었다.

"생각해보니까 나도 역시 그 남자가 마냥 좋지만은 않았던 거 같아. 나에게도 권태기가 찾아왔고, 언제부터인가 그 남자에 대한 실망도 많아졌어. 그럼에도 불구하고 그 남자가 여전히 좋다고 여겼던 것은 스스로에게 권태기가 온 걸 인정하고 싶지 않았기 때문인 거 같아. 그가 싫어지면 아름답고 찬란하다고 여겼던 그 모든 추억이 모두 거짓이 되는 거라고 생각했던 거지. 그리고 나는 처음 그 남자와 사랑에 빠질 때, 죽을 때까지 내 마음은 변하지 않을 거라고 나 자신에게 말했었거든. 결국은 그 남자의 배신보다 변해버린 스스로가 더 두려웠던 거야."

"정말 안타깝네요. 그런 마음이었다면 '나도 네가 싫거든!' 이 말을 보는 앞에서 시원하게 했으면 좋았을 텐데."

"그러게 말이다. 그날, 그 남자가 찾아왔을 때 차였다는 사실에 절망하고 자존심 상해하기 전에 그 남자에 대한 내 진심을 들여다봤더라면 그런 선택을 하지는 않았을 텐데. 그래도 네가 돌아갈 수 있다니까 참 좋다. 내 마음을 전해줄 기회가 생겼으니까."

진주구슬의 말을 듣는데 급 우울해졌다. 진주구슬은 죽었다. 이미 죽었는데 그 남자가 진실을 안다고 해서 진주구슬이 달라지는 게 뭐가 있을까.

황명식 아저씨도 진주구슬도 그리고 머리를 산발한 아줌마도 건강빌딩 할아버지도 스스로 죽음을 선택한 이유는 한결같았다. 이러저러한 이유를 가져다 붙여도 결국은 다른 사람 때문에 그런 선택을 한 것이다. 연인이든 동료든 그리고 아들이든, 결국은 나 자신이 아닌 타인이다.

나도희가 죽은 이유 역시 안타깝기는 마찬가지다. 일어나지도 않은 일을 미리 걱정하며 스트레스를 받았다. 다들 생각을 너무 복잡하게 하고 살았던 거 같다.

나는 단 한 번도 이 사람들과 같은 번민을 해본 적이 없다. 그 말은, 그야말로 단조롭고 단순했다는 말이다. 하루하루만 잘 지내면 그만이었으니까. 그럼에도 늘 바쁘고 분주했다. 황명식 아저씨가, 이수종이 단조로운 사람들이 아니라 바로 내가 그런 부류의 사람이었다.

'내가 생각 없이 산 걸까? 잘못 산 걸까?'

나는 고개를 저었다. 그럴 수도 있겠지만 그렇지 않을 수도 있다. 그런 식으로 사는 바람에 늘 아웃사이더에 한심한 아이였지만, 어찌 되었든 나는 스스로 죽음을 선택하지 않았다. 어떤 게 잘 사는 건지는 모르겠다.

'집에 돌아가게 된다면 이 문제에 대해 좀 깊이 생각해봐야겠다.'

신기한 것은 내가 집으로 돌아가야 할 이유가 절실해졌다는 것이다. 나만의 이유만 있을 때보다 다른 이들의 이유가 합류하니까 더 그랬다. 내가 복잡해지고 있다는 느낌이 들었다.

그날부터였다,
잊은 줄 알았는데

"그게 무슨 말씀이세요?"

나는 마천을 똑바로 바라봤다.

"네가 살던 세상으로 돌아갈 수 없을 거 같다고. 미안하지만 말이다."

마천은 좀 전에 했던 말을 토씨 하나 틀리지 않고 똑같이 말했다.

"왜요?"

그럴 확률도 있다고 생각했지만 대놓고 이런 말을 들으니까 당황스러웠다. 내가 돌아갈지도 모른다는 소문이 나면 날수록 돌아가야만 하는 이유는 늘어났고, 덩치도 커졌다. 나는 내 의지와는 상관없이 여기에 있는 몇몇 사람들의 희망이 되었다. 영영 이곳에서 맴돌며 힘든 시간을 보낼 사람들이 그나마 위안을 얻을 수 있는 사실은 내가 돌아간다는 거였다.

"사람들 모두가 너에 대해 알고 있다. 너에 대해 알

고 있다는 것은 내 오류에 대해 알고 있다는 거다. 입이 너무 많아서 막으려면 힘도 들고 위험이 따르기도 한다. 공연히 입막음을 하려고 했다는 사실까지 그분이 알게 된다면 더 곤란하지. 이쯤에서 그분에게 이실직고하는 게 현명하지. 아아, 그렇다고 해도 나는 너를 조금도 의심하지는 않는다. 다 도진도의 짓일 테니까."

"그럼 저는 어떻게 해요? 돌아가지 못하면 여기서 그냥 떠돌며 살아야 한다는 건가요?"

"오디션에 합격하면 저쪽으로 갈 수 있는 거고, 합격하지 못하면 영영 이곳을 벗어나지 못하는 거지. 정말 미안하다."

"그건 말이 안 되지요. 저는 저 스스로 죽음을 선택한 적도 없는데, 다 마천님이 오류를 저질러서 여기로 오게 된 건데. 이러면 곤란한 거 아닌가요?"

"네 사정을 생각하면 나도 가슴이 아프다. 나도 오류에 대한 대가를 치르게 될 거다. 높은 분에게 사실대로 말하고 난 다음 처분을 기다려야지. 내가 그분에게 네 사정을 말씀 드리면서 좋은 방향으로 해결해 주십사 말은 해보겠지만, 그건 불가능한 일일 거다. 그분은 뭐든 원칙대로 하길 좋아하는 분이지. 오디션을 만들고 싶다고 허락을 받아내는 데도 꽤 오랜 시간이 걸렸으니까."

"말도 안 돼요. 책임은 지셔야지요."

나는 마천에게 대들었다. 나도 할 일이 생겼다. 책

임이 생겼다.

"지금 와서 이런 말씀 드리는 게 무슨 소용이 있겠습니까만, 측은지심을 가져서는 안 되는 것이었습니다. 그동안 쌓아온 그 고귀하고 높은 마천님의 명예에 이렇게 오점을 남기게 될 줄이야. 마천님은 모든 것이 다 좋은데, 우리 같은 자들이 가져서는 안 될 너무도 뜨거운 마음을 지니셨습니다. 그 마음이 이런 일을 당하게 만들 줄이야, 너무도 통탄스럽습니다."

사비가 울먹였다.

"그래, 사비 네 말대로 이제 와서 말해봤자 무슨 소용이 있겠느냐마는 측은지심을 가지지 않았다면 내 명예에 오점을 남기는 일은 없었겠지. 어쩌면 승승장구하면서 천하를 호령하는 자리에 오를 수도 있었겠지. 그러나 나는 후회하지 않는다. 아무 일도 없었던 예전 그때로 돌아간다고 해도 내 선택은 똑같았을 거다. 다만 나를 따라준 사비 너에게 미안할 따름이지. 나 때문에 너까지 오점을 남기게 생겼으니."

마천은 높낮이 없는 톤으로 덤덤하게 말했다.

"제가 높은 분이라는 그분을 만나면 안 될까요? 그분한테 돌려보내달라고 제가 직접 말씀드리면 안 될까요? 마천님은 어차피 대가를 치러야 한다고 하니까 제가 그분을 찾아가 그런 부탁을 한다고 해도 마천님께 더 이상 돌아갈 불이익은 없을 거잖아요."

내 말에 마천은 한숨을 쉬었다.

"오류를 저지른 처지에 네가 그분을 만나겠다고 그

러면 내가 무슨 명분으로 막을 수 있겠니. 다만 오디션에 합격하지 않고는 저 길을 통과할 방법이 없다는 게 문제다."

"전혀요?"

"전혀."

"그럼 정상적으로 시간을 채우고 죽은 사람들이 가는 그 길로 저를 데려다주면 안 될까요? 그 길로 가면 높은 분이라는 그분을 만날 수 있지 않을까요?"

"그 길과 이 길은 아주 다른 곳이다."

사비가 말했다.

결론은 아무것도 할 수 있는 게 없다는 거였다. 이제 딱 한 번 남은 오디션에 기대를 거는 수밖에 없다. 하지만 내가 오디션에서 합격할 확률은 제로다.

나는 나무둥치에서 나왔다.

'이제 여기에서 떠돌며 살아야 하는구나.'

그 생각을 하자 눈물이 났다.

나는 한쪽에 쪼그리고 앉았다. 내가 살아온 날들이 주마등처럼 스치고 지나갔다. 어느 한순간 기쁘고 가슴 벅찼던 날이 없었다. 매일을 눈치 보며 살았다. 혹시 재수 없는 일이라도 생길까 봐 숨죽이며 살았다. 죽은 후 돌이켜봐도 눈물 나는 삶이었다. 나는 언제부터 그렇게 살았을까, 엄마와 연결되었던 탯줄이 잘리며 세상에 태어나는 순간부터였을까?

"아."

그때 머리를 스치고 지나가는 기억이 있었다. 보일

듯 말 듯 희미한 기억, 그 기억의 저편에 일곱 살의 내가 있었다.

나는 일주 손을 잡고 있었고, 자꾸 일주를 어디론가 끌고 가려고 했다. 한참을 버티던 일주는 결국 나를 따라나섰다. 그리고 나타난, 왕복 6차선 정도 되는 넓은 도로. 나와 일주는 그 도로를 무단횡단했다. 무시무시한 덤프트럭이 나와 일주를 향해 달려들었다. 놀란 나는 일주의 손을 놓고 달렸다. 달려서 길을 건넌 후 뒤돌아봤을 때 덤프트럭은 멈춰 있었다. 요란한 사이렌 소리를 내며 구급차가 달려왔다.

생각해보니 그날이었다. 그날 저녁, 엄마는 병원에서 말했었다.

"일호가 아침에 그릇을 깼어. 재수가 없을 거라는 신호였는데 내가 조심시키지 못했어."

아마도 그날 내 머릿속 깊이, 그리고 내 마음속 깊이 엄마의 말이 저장되었던 거 같다. '아침에 재수가 없으면 조심해야 한다.' 덤프트럭이 달려들었어도 다행히 일주는 이마만 다쳤을 뿐, 다른 곳은 크게 다치지 않아 며칠 만에 퇴원할 수 있었다. 엄마, 아빠 그리고 일주는 시간이 가면서 그 기억을 차차 잊었고 나도 잊은 줄 알았다. 그런데 그 기억은 계속 내 마음에 살아 있었구나.

일주 이마에 남은 큰 흉터가 떠올랐다. 여섯 번인가 수술해도 지워지지 않는 흉터였다. 그 흉터 때문에 일주는 늘 앞머리를 내리고 다닌다. 그 흉터가 바로 그날 생겼다. 나는 그걸 잊었다고 여겼다. 하지만 잊은 게 아니었다.

일주는 거울을 볼 때마다 나를 원망했을 거다. 트럭이 덤벼드는데 제 손을 놓고 도망친 오빠.

엄마가 떠올랐다. 엄마는 단 한 번도 일주 이마의 흉터에 대해 내 앞에서 말한 적이 없었다. 아빠도 마찬가지였다. 생각은 끝없이 이어지고, 자꾸만 깊이 묻혀 있던 기억들이 샘솟듯 떠올랐다.

'도망쳐서 미안했다고 한마디라도 해줄걸.'

그러지 못한 게 후회되었다. 손을 꼭 잡고 함께 도망치지 못해서 미안했다고 말해줄걸. 기억은 또 다른 기억을 가져왔다. 그 기억 안에도 일주가 있었다. 손에 돈을 쥐고 슈퍼로 달려갔던 일주가 사탕 두 개를 사왔다. 그리고 하나를 까서 내 입에 넣어주었다. 사탕을 먹으며 엄지손가락을 치켜세우자 일주는 환하게 웃었다. 놀이터에서 누군가와 치고받고 싸웠던 날도 떠올랐다. 내가 맞고 있자 일주는 신발을 벗어 나를 때리는 아이의 머리를 마구 두들겼다. "우리 오빠 때리지 마!" 하고 소리치면서.

'일주는 나를 보면 항상 환하게 웃던 아이였어. 엄마보다 나를 더 잘 따라다녔던 아이였어.'

가슴에서 뭔가 뜨거운 게 솟아올랐다. 일주를 만나 손을 꼭 잡아주고 싶었다. 이마의 흉터를 어루만져주고 싶었다.

아빠도 떠올랐다. 아빠는 내가 담배를 피우다 걸려

서 그런 선택을 한 거라고 착각하고 있을 수도 있다. 만약 그렇다면 아빠는 깊고 깊은 자책의 늪에서 빠져나오지 못할 거다.

아아아악! 나는 두 손으로 머리를 마구 헝클어뜨렸다. 돌아가야 하는데 이제 희망의 끈은 끊어졌다.

저 멀리 도진도 아저씨의 뒷모습이 보였다. 당장 달려가 등짝이라도 한 대 후려치고 싶었다. 도진도 아저씨의 이기심 때문에 나는 돌아갈 수 없게 되었고, 사람들의 부탁도 들어줄 수 없게 되었다.

그때 사방을 둘러보던 이수종이 이쪽을 바라보더니 엉거주춤 일어났다. 뜨끔했다. 이수종도 내가 돌아간다는 소문을 듣고 무슨 부탁을 하려고 그러는 게 아닐까.

"너 돌아갈 수 있다면서?"

예측이 딱 맞았다.

"아니요."

"아니라고? 완전히 정확한 소식통한테 들은 말인데?"

"미안한데요. 다 물 건너갔어요."

"물 건너갔다니?"

"그 정확한 소식통이라는 사람이 다 소문내는 바람에 저도 돌아가지 못하게 되었다고요. 그러니까 저한테 부탁 같은 거 해도 소용없어요."

"그래? 나는 너한테 부탁 같은 거 안 한다. 이 시계를 선물로 주려고 했는데, 진짜 돌아가는 거 물 건너간 거니?"

이수종이 손목에 차고 있던 시계를 풀어 보여주며 물었다. 모진 추위와 맞서면서도 얼마나 닦아냈는지 시계에서는 찬란한 빛이 났다.

"이걸 왜 저한테 주시려고요?"

"돌아갈 것도 아니면서 이유를 알 필요는 없겠지. 알았다, 헛소문인가 보구나?"

이수종은 시계를 도로 팔목에 찼다.

몇 걸음 걸어가던 이수종이 도로 돌아봤다.

"왜요?"

"너 진짜 안 돌아가는 거니?"

안 돌아가는 게 아니라 못 돌아가는 거다.

"예."

"알았다."

뒤돌아 걸어가는 이수종의 어깨가 축 늘어져 보였다. 대체 무슨 이유로 시계를 주려고 하는지 알고 싶었다.

얼마의 시간이 흐르고 검은 안개가 한차례 더 할퀴고 지나갔다. 도진도 아저씨가 초췌해진 모습으로 내게 왔다.

"돌아가지 못하게 되었다고? 왜?"

"그거야 아저씨가 제일 잘 알고 계실 텐데요. 비밀이 더 이상 비밀이 아닐 때 문제가 생기는 거잖아요. 저 같은 아이도 아는데 설마 그걸 모르셨어요?"

아무것도 모르는 척하는 얼굴이 뻔뻔해 보였다.

"무슨 말이니?"

"마천의 오류로 제가 여기 왔다는 사실이 자연스럽게 그 높은 분의 귀에도 들어갈 수 있게 된 거지요. 수고스럽게 직접 가서 말한다고 마천을 협박하지 않아도 아주 자연스럽게요. 아저씨 덕분에요."

나는 퉁명스럽게 말했다.

"무슨 말이야? 네가 소문낸 거 아니니? 네가 돌아가게 됐다고 소문을 내고 그 소문을 들은 사람들이 너에게 갖가지 부탁을 한 거로 알고 있는데. 나는 머리를 산발한 여자와 영감님한테만 말했을 뿐이다."

이건 무슨 소리람. 그럼 이게 어떻게 된 거지?

"흠. 조용해 보이는 사람들을 믿은 내 탓인 거 같다. 머리를 산발한 여자와 영감님이 너무 조용해서 소문을 내지 않을 거라고 믿었는데, 아무래도 둘의 입에서 새어나간 거 같다. 진짜로 나는 아니다."

도진도 아저씨 표정이 진지했다. 거짓말하는 거 같지는 않았다.

"어쨌든 이제 다 끝났어요. 저는 돌아갈 수 없게 되었으니까요. 처음부터 아저씨 말을 듣는 게 아니었어요. 저도 마천이 오류를 저질렀다는 거 눈치채고 있었어요. 그냥 혼자 일을 처리하는 건데, 실수였어요. 이제 저는 아저씨와 함께 이 끔찍한 공간에서 같이 떠돌게 생겼네요."

말을 하다 보니 콧날이 시큰해졌다.

"원망하고 싶지 않지만 자꾸 원망하게 되네요. 다 아저씨 때문이에요. 아저씨가 왜 여기에 있는 사람들을 구하고 싶어 하는지 마천에게 들었어요. 지은 죄가 엄청 많다고요? 그래서 심판에서 유리한 판결을 받으려고 머리 쓴 거라면서요?"

"마천이 그러던?"

"아저씨 대체 뭐 하던 사람이에요? 무슨 일을 했기에 심판을 두려워할 정도로 죄를 많이 지었어요?"

"이제 와서 그건 알아서 뭐 하려고?"

"궁금해서요."

"하긴, 뭐. 이제 와서 비밀로 할 필요도 없지. 작곡가였다."

작곡가라니, 의외였다. 나는 전문적으로 사기를 치고 다니는 사람으로 짐작했었다.

"너, 「친구들의 여행」이라는 노래 아냐? 그거 내가 작곡한 거다."

"에이, 설마요."

그 노래는 엄청난 인기를 얻고 있는 노래다. 시내 거리를 돌아다니다 보면 가게마다 그 노래를 틀어대는 바람에 듣고 싶지 않아도 계속 들어야 하는 노래다.

"「안녕, 또 안녕」이라는 노래도 아니? 그것도 내가 작곡한 노래다."

이 아저씨 사기꾼 맞네, 맞아. 지금 확인 불가라고 인기 있는 노래는 죄다 자기가 작곡했다고 뻥을 쳐대

다니.

"「바보상자의 추억」이라는 노래는 아니? 그 노래도 내가 작곡했지."

"흥."

나는 허공을 향해 콧방귀를 날렸다. 도진도 아저씨가 그런 주옥같은 노래를 만든 작곡가라면 나는 그 노래들을 작사한 작사가로 해두지.

"못 믿는 모양인데, 내 얼굴을 자세히 보렴. 어쩌면 낯익을 수도 있다. 텔레비전에도 가끔 나왔었거든."

도진도 아저씨가 펴런 얼굴을 들이밀었다. 실제로 텔레비전에서 봤던 사람이라고 해도 현재 얼굴로는 전혀 알아볼 수 없는 처지였다.

"그렇게 유명하고 대단한 분이 왜 스스로 죽음을 선택하셨어요?"

나는 비웃듯 물었다.

도진도 아저씨는 대답 대신 한숨을 내쉬었다. 그리고 잠시 고개를 숙였다가 들었다.

"이제 와서 뭘 숨기겠니? 나는 여기에 있는 사람들이 자신들의 이야기를 풀어놓을 때 부러웠단다. 그렇게 자신들의 모습을 조금씩 보여주면서 스스로를 위로하는 느낌을 받았거든. 이제 10차 오디션만 마치면 우리는 다들 이곳에서 떠돌며 하루하루 견뎌내기에 급급할 거다. 이제 다 끝났다. 그전에 내 이야기를 하는 것이 어쩌면 나를 위해서도 좋을 거 같구나. 속이라도 후련해질 테니 말이다. 부끄럽긴 하지만.

휴……."

도진도 아저씨의 한숨은 한없이 깊었다.

"마천이 잘못 알고 있다. 나는 유리한 판결을 받기 위해 너를 이용해서 여기 있는 사람들을 다 데리고 저쪽으로 가려고 했던 게 아니다. 나는 나 때문에 상처받고 스스로 죽음을 선택했던 사람들에게 속죄하는 의미로 죽었다. 그리고 여기 있는 사람들을 위해 뭔가를 하고 싶었던 거고."

나는 도진도 아저씨의 말을 들으며 충격을 받았다. 도진도 아저씨 때문에 상처를 받고 스스로 죽음을 선택했던 사람들? 이 아저씨, 도대체 무슨 짓을 했던 거지?

두고 온 오십팔 년이
그립고 아깝다

인터넷과 각종 매스컴을 뜨겁게 달궜던 사건들. 자신의 권위와 힘을 이용하여 상대편을 농락하려고 하는 어른들의 이야기. 나는 그 사건들을 접할 때마다 절대로 그런 부류의 인간은 되지 않겠다고 생각했었다. 미래에 대해 고민하고 설계하는 스타일이 전혀 아닌 내가 오직 하나! 결코 용납할 수 없었던, 치사하고 낯짝 두꺼운 사람들의 톱을 달린다고 여겼던 그 부류의 사람들. 도진도 아저씨는 그 부류였다.

미투 운동! 그 운동으로 도진도 아저씨의 검은 얼굴은 밖으로 나왔다. 그리고 도진도 아저씨로 인해 상처받았던 이들의 사연 역시 밖으로 꿈틀거리며 나왔다.

"나는 진짜 후회하고 내 잘못을 인정해."

도진도 아저씨는 그래서 스스로 죽음을 선택했다고 했다. 하지만 내가 볼 때는 아니었다. 진짜 후회하고 잘못을 인정한다면 그 일들이 수면 위로 올라오기 전에 양심선언이라는 것을 해야 했다. 보나 마나 몇몇 피해자들은 호소했었을 테니까. 도진도 아저씨는 그 처절한 외침도 모른 척했을 거다. 그러다 타의에 의해 일이 터졌을 때야 어쩔 수 없이 속죄하는 척한 거다. 그래도 안 되니까 스스로 죽음을 선택했을 거다. 한마디로 도진도 아저씨는 나쁜 놈이다. 저질스럽고 치사한 놈이다.

"나도희도 혹시?"

생각이 거기에 멈췄을 때 나는 경악했다.

"아니야, 절대 아니야."

내가 나도희 얘기를 하자 도진도 아저씨는 팔짝 뛰었다. 아니기는 개뿔!

도진도 아저씨가 나도희에게 검은 손길을 내밀었을 때 나도희는 강하게 거절했을 거다. 도진도 아저씨는 거기에 앙심을 품었던 거다. 그래서 나도희를 빼고 열한 명만 저 길을 통과할 수 있게 해달라는 조건을 걸었던 거다. 죽어서까지 그러고 싶을까. 저질스럽고 치사한 것을 넘어 밴댕이 속 같으니라고.

나는 절대 아니라고 억울하다고 말하는 도진도 아저씨를 두고 나도희에게 갔다.

이기주의자에다가 죽어서도 자신의 잘못 중 한 부분을 덮고 싶어 하는 나도희지만 엄청나게 측은했다. 도진도 아저씨가 음흉스러운 손길을 내밀었을 때 얼마나 놀라고 황당했을까.

'그래, 그래도 너는 그 부분에 대해서는 당당히 견뎌냈구나.'

왠지 나도희가 자랑스럽게 느껴졌다.

"무슨 생각하냐?"

슬쩍 자리를 옮긴 나는 나도희 옆에 앉았다.

"또 추워지면 어쩌나 그 걱정을 하고 있었어. 너는 언제 가냐?"

"너는 아직 모르고 있는 모양이구나? 나 못 가."

나도희가 놀란 눈으로 바라봤다.

"왜?"

"말하자면 길어. 아무튼 결론은 못 가는 거로 났어. 미안하다. 너 대신 편지를 쓰고 싶어도 쓸 수 없게 되었어."

나도희는 아무 말도 하지 않았다. 표정만으로도 나도희가 얼마나 절망하는지 알 수 있었다. 한참 후에 나도희가 나를 바라봤다.

"네가 못 가는 줄도 모르고 나는 편지 내용을 다시 생각하고 있었어. 용기 내서 진실을 말하기로 했는데. 추신이니 뭐니 그런 거에다 진실을 껍데기만 내비치지 말고 사실대로 말하자고 결심했는데."

나도희가 입술을 질끈 깨물었다.

"어차피 편지를 써도 그게 네가 쓴 편지라고 아무도 안 믿어."

"아니, 편지를 쓸 때 나만의 비밀이 있어. 습관이라고 할까. 내 찐 팬들은 그걸 알아. '이 편지는 내가 죽기 전 가장 믿을 만한 친구에게 맡겨 놓겠습니다. 언젠가 그 친구가 카페에 올릴 겁니다' 이런 글과 함께 편지를 올리면 믿어줄 팬들이 많을 거야."

참 깊이도 생각했는데 안타깝다.

진실이 뭐냐고는 묻지 않았다. 안 물어봐도 알 거 같았다. 가사는 금정호가 썼다는 말이겠지.

"궁금한 게 있는데."

나는 나도희를 힐끗 바라봤다. 지금 시점에 이런 말을 해도 되는지 망설여지기도 했지만 궁금해서 참을 수 없었다.

"너, 도진도 아저씨, 아니, 아저씨는 무슨. 도진도 원래부터 알고 있었지?"

"도진도? 아, 옷 줬다 뺏은 그 치사한 아저씨? 아니, 여기 와서 처음 봤는데."

나도희는 눈꺼풀을 껌벅거렸다.

"나는 도진도의 진실을 알고 왔거든. 그러니까 나한테는 거짓말하지 않아도 돼."

"거짓말할 게 있어야 하지. 진짜 그 아저씨 여기 와서 처음 봤어."

"너, 「친구들의 여행」이랑 「안녕, 또 안녕」이라는 노래 알지?"

나도희는 눈꺼풀을 깜박거리는 것으로 대신 대답했다.

"도진도가 그 노래의 작곡가라는데 그걸 몰랐다고?"

나도희 눈이 한순간 휘둥그레졌다. 눈동자가 밖으로 튀어나오면 어쩌나 걱정이 될 정도였다.

"아, 처음 봤을 때 어디선가 본 듯 낯이 익기는 했어. 텔레비전에서 봤구나."

"그럼 살았을 때는 진짜 한 번도 못 만나봤었다는 말이야? 전화를 받은 적도 없고."

"응."

혼란스러웠다. 내 짐작이 틀렸다는 말이다. 살았을 때 단 한 번도 만나본 적 없고 전화 한 통화도 해본 적 없는데 도진도 아저씨는 왜 나도희를 빼놓으려고 했을까.

"나에게 금정호는 정말 고마운 아이야. 그 아이가 내게 힘을 주지 않았다면 나는 너무 힘들어서 꿈을 포기했을 거야. 금정호는 나에게 시간을 멋지게 사는 법을 알려주었어. 우산을 돌려주고 나서 얼마 지나지 않았을 때 금정호가 말했어. 힘들 때는 훗날의 멋진 나를 상상해보라고. 매일매일 상상하다 보면 그 상상은 현실이 되어 있을 거라고. 그 말을 듣고 한동안 나는 오디션에 합격하는 상상을 했어. 간절한 마음으로 상상을 하다 보니까 실제로 더 열심히 연습하고 있더라고. 그리고 얼마 지나지 않아서 그 상상은 현실이 되었어."

나도희가 허허벌판을 바라보며 말했다.

"나일호……."

"응."

"……."

"왜에?"

"나는 왜 내 시간을 멋지게 살아가는 그 상상의 마법을 까마득하게 잊고 있었을까. 그걸 잊지 않았다면 미래의 시간이 마냥 불안하게 느껴지지만은 않았을 텐데. 불안하기는커녕 하나하나 이루어나가는 게 신났을 텐데."

나도희 말끝으로 마른 나뭇잎 바스러지는 소리가 들렸다. 나는 나도희가 마른 울음을 울까 봐 가슴이 덜컥 내려앉았다. 마른 울음은 우는 사람도 힘들어 보이고 듣는 사람도 버겁다.

나는 나도희를 바라보던 눈을 허허벌판으로 돌렸다.

문득 내 미래의 시간이 궁금해졌다. 내가 세상에 두고 온 오십팔 년의 시간들이. 생각해보니 나는 단 한 번도 어떻게 하면 나에게 주어진 시간 동안 멋지게 살아갈 수 있을지 고민해본 적이 없었다. 주어진 시간 안에 함께 있는 사람들에 대해서도 관심을 갖지 않았다.

일주가 떠올랐다.

'일주야.'

마음속으로 일주를 불렀다.

다음 생이 있어서 또다시 태어날 일이 있다면(물론 지금 상황으로 봐서 그런 기적은 없겠지만) 다시 일주의 오빠로 태어나고 싶다. 그렇게 된다면 어디를 가든 일주 손을 꼭 잡고 다닐 거다. 절대로 혼자 덤프트럭과 맞닥뜨리게 두지 않을 거다. 이마에 지워지지 않는 흉터를 남겨주지 않을 거다.

그 생각을 하자 눈물이 나오려고 했다. 나는 서둘러 자리를 털고 일어나 사람들이 없는 곳으로 갔다.

"일주야, 내가 두고 온 그 시간이 진짜 아깝다. 그 시간 안에 너와 사이가 좋아질 순간이 있었을지도 모르는데. 그러면 너와 같이할 일들도 많았을 텐데. 사탕도 사서 나눠 먹고, 좋은 곳에 여행도 같이 갈 수 있었을 텐데. 일주야, 우리 반에 오정도라고 있거든. 약간 비열한 구석이 있는 놈이지만 제 여동생하고는 사이가 엄청 좋아. 같이 도서관도 가고 영화도 보러 다녀. 가족끼리 캠핑도 자주 가더라. 나도 오정도처럼 너한테 그런 좋은 오빠이고 싶다. 아니, 좋은 오빠는 아니더라도 네 기억 속에 너를 버리고 간 오빠로 남고 싶지는 않은데. 너랑 같이 네가 좋아하는 크림 파스타도 먹으러 가고 싶다."

그동안은 울고 싶어도 눈물이 나지 않았는데 눈물이 펑펑 쏟아졌다. 일주에게 온통 미안한 것투성이였다. 오십팔 년이라는 시간이 아까워서 견딜 수가 없었다.

얼마를 울었을까, 어쩐지 뒷덜미가 서늘한 기분이 들었다. 나는 눈물을 훔치며 뒤돌아봤다.

내 뒤에는 심사위원 한 명이 서 있었다.

'아…….'

심사위원의 얼굴을 본 나는 깜짝 놀랐다. 심사위원의 뺨에 흘러내린 눈물이 턱을 타고 목으로 흘렀다.

그때였다. 마천과 사비가 다가왔다.

"정식으로 오디션을 본 건 아니지만 유효하지?"

마천이 사비에게 물었다.

"이 아이의 경우를 볼 때 유효할 거 같습니다. 그분도 사정을 듣고 나면 이해하실 거 같습니다. 일단 심사위원이 울었으니 길은 통과해도 아무 문제가 없습니다."

사비가 대답했다.

"그래, 이제 저 길을 통과할 수 있는 자격을 얻었으니 가자."

마천이 따라오라는 손짓을 하며 돌아섰다.

"어디를요?"

나는 아직도 촉촉한 눈가를 훔치며 물었다.

"그분에게 갈 거다. 10차 오디션 시작하기 전까지 다녀오려면 서둘러야 한다."

마천은 바쁘게 걸었다. 나는 정신없이 마천 뒤를 따라갔다.

넓은 길은 걸을수록 점점 좁아졌지만 조금씩 더 밝아졌다. 황량하기만 하던 주변도 길을 걸을수록 울창한 숲이 나왔다.

마천은 높은 성 앞에서 멈췄다. 회색빛의 성은 마치 드라큘라 백작의 성처럼 울창한 나무 사이에 서 있었는데, 성탑 중간으로 구름이 유유히 흐르고 있었다.

“그분을 만나는 데 주의할 점은 없나요? 조심해야 할 것이라든지.”

“그저 진실만이 중요할 뿐이다. 감추려 하면 일이 더 꼬이는 법이지. 진실만 얘기하자.”

마천이 성문을 열었다. 요란한 소리를 내며 둔탁하게 열릴 거라고 상상했던 우람한 나무문은 의외로 가뿐히 열렸다.

마천은 눈이 부실 정도로 하얀 창호지를 바른 문 앞에 공손히 섰다. 창호지에 그림자가 비쳤다. 그 높은 분인 거 같았다. 마천은 나를 데리고 여기에 온 이유를 차분한 말투로 설명했다. 설명하기 전에 내가 심사위원의 눈물을 흘리게 해서 길을 통과할 자격을 얻었다는 말도 했다.

높은 분이라는 그분은 묵묵히 마천이 하는 말을 들었다. 어쩌다 오류를 저질렀느냐고 호통을 치거나 따지지도 않았다. 나는 그런 높은 분을 보면서 마천이 그분에게 얼마나 큰 신임을 얻고 있는지 알 수 있었다.

“돌려보내라. 죽은 자를 다시 살리는 것은 있을 수 없는 일이지만, 어찌할 수 없는 일. 나중에 마천은 그 대가를 치러야 할 것이다.”

높은 분의 목소리가 하늘을 울리고 땅을 울렸다.

“예. 당연히 대가를 치를 것입니다.”

마천은 문을 향해 공손히 인사를 한 다음 내 손을 잡았다.

"저는 돌아가게 되는 건가요?"

"그래, 너도 같이 들었잖니."

"마천님이 치르게 될 대가가 대충 어떤 건가요?"

"너는 몰라도 된다. 어떤 대가인들 어떠하랴. 돌아가면 다시 찾은 오십팔 년의 시간을 잘 쓰도록 해라. 너에게 주어진 시간 중에 의미 없는 시간은 일분일초도 없다. 모두 살아야 할 이유가 있는 시간들이다. 절대 허투루 쓰지 말도록 해라. 훗날 오십팔 년 후에, 주어진 시간들을 그런대로 멋지게 살았노라 말할 수 있도록 해라."

마천은 덤덤하게 말했다.

"저 인간은 왜 또 저기에 나와 있을까?"

저만큼 허허벌판이 보일 때 길 입구에 서 있는 도진도 아저씨 모습도 보였다.

"저 인간 때문에 몇몇이 귀중한 생명을 버렸지. 그 생각만 하면……."

마천이 주먹을 꼭 쥐었다.

"자신이 했던 일에 대해 반성한다는 식으로 말하던데요."

나는 도진도 아저씨에게 들은 말을 마천에게 했다. 마천은 이맛살을 찡그린 채로 내 말을 들었다. 내 말을 다 듣고 난 다음 마천은 잠시 걸음을 멈추고 무슨 생각인가 골똘히 했다.

"뭐, 그럴 수도 있겠지. 하지만 여태 내가 세상으로 보낸 영혼들 중에 요주의 인물, 즉 꼴 보기 싫은 쥐

새끼 같은 인물들이 있는데 도진도도 거기에 속한다. 물론 반성한다는 말이 아주 거짓말은 아닐 수도 있지. 여기에 오게 되면 마음이 동해서 후회도 하고 반성도 하니까. 하지만 반성한다고 해서 그 죄가 없던 게 되지는 않는다. 도진도로 인해 상처받은 사람들은 스스로 죽음을 선택하기도 했고, 여전히 그 상처를 끌어안은 채 살아가고 있기도 하다. 도진도는 스스로 죽음을 선택했던 그 용기로 피해자들에게 용서를 구해야 했다. 그래야 그들의 상처가 조금이라도 아물 수 있는 거다. 저만 혼자 도망쳐 온다고 해서 해결되는 일은 아니지. 도진도의 죄는 인간이 저지를 수 있는 죄 중에서 가장 극악무도한 죄 중에 하나다. 휴우, 아무튼 너는 10차 오디션이 끝나고 나면 바로 돌아갈 거다. 그럼 기다리고 있어라. 10차 오디션 준비를 해야겠다. 어쩌면 영원히 마지막이 될지도 모르는 오디션인데. 마음이 착잡하구나."

마천은 한숨을 쉬며 사비가 있는 곳으로 갔다.

"너 어디 갔다 오는 거냐? 저 길은 오디션에 합격하지 못하면 통과할 수 없다고 하지 않았니? 어떻게 된 거야? 무슨 일로 간 거야?"

마천이 보이지 않자 도진도 아저씨가 재빨리 다가와서 물었다.

"저, 이제 집에 갈 수 있게 되었어요."

나는 도진도 아저씨에게 높은 분을 만나서 허락을 받고 왔다고 이야기했다.

"그렇다면 그렇다고 미리 말을 하고 가야 할 거 아니야!"

도진도 아저씨가 버럭 화를 냈다.

"저도 돌아가게 될지 몰랐어요. 높은 분을 만나고 나서야 허락받은 거라고요."

"아, 절호의 기회를 놓쳤다. 이렇게 허무하게 기회를 놓치다니."

도진도 아저씨는 가슴을 쳤다.

마지막 오디션

"그 말이 사실이에요?"

나는 다시 한번 확인했다.

도진도 아저씨의 말은 이랬다. 도진도 아저씨는 죽기 전에 나도희 팬카페에 편지를 올렸다고 했다. 나도희에게 주려고 작곡한 곡과 함께 말이다. 도진도 아저씨는 텔레비전에서 나도희를 지켜보면서 언젠가는 좋은 곡을 쓰면 나도희에게 꼭 주고 싶다는 생각을 했다고 한다. 혹시 나도희한테 엉큼한 생각을 갖고 접근한 거는 아니냐고 묻자, 도진도 아저씨는 절대 아니라고 했다. 편지와 곡을 보낼 때는 이미 스스로 죽음을 선택하기로 마음먹은 후였다고 했다. 그 편지와 곡을 보낸 날이 바로 6월 12일이었고, 그날 우연히 광오시에서 마지막으로 친구를 만났다고 했다.

"나도희를 여기서 만날 줄은 꿈에도 몰랐다. 허탈감이 말도 못 할 정도였다. 내게 남아 있는 음악에 대한 사랑을 모두 쏟아 만든 곡인데, 영원히 열리지 않는 편지 안에 갇히게 될 거란 생각을 하니 못 견딜 정도로 답답하기도 했고 말이다."

이제 그 곡은 영원히 빛을 보지 못하겠구나, 낙담하고 있을 때 마천과 사비가 나에 관해 이야기하는 것을 들은 아저씨는 깊이 생각하고 생각한 결과, 내가 돌아갈 때 나도희를 끼워서 돌려보내는 계획을 세웠단다. 나와 나도희가 행사 물품인 1+1도 아니고……. 도진도 아저씨의 생각이 엉뚱하기도 했지만, 그만큼 절실한 마음이었다는 거는 인정한다. 어디서 들었는지 기억나진 않지만 작곡가들에게 곡은 자식과 같다고 하던데, 자식이 세상 빛도 못 보고 영영 팬카페 구석에 처박혀 있다가 언젠가 카페가 폭파되는 날에 같이 폭파된다고 생각하면 마음이 아프기는 했겠다.

"그 곡, 끝내주는 거였어. 랩과 노래가 적절하게 섞여 있는데, 나도희가 불렀다면 나도희 인생 최고의 노래가 될 수 있었을 거다. 그전에 내가 쓴 곡들보다 훨씬 더 크고 넓은 날개를 달고 훨훨 날아다녔을 거야."

도진도 아저씨의 말을 듣고 보니 내가 더 그 곡이 아까웠다.

"제가 그분을 만나러 가기 전에 돌아가는 걸 알았더라도 달라지는 일은 없었을 거예요. 나도희가 돌아가는 일은 절대 없었을 거예요. 높은 분이라는 그분은 원칙을 상당히 중요하게 생각하는 거 같았거든요. 저는 오류 때문에 어쩔 수 없이 보내주는 거 같았어요."

"그래……."

천천히 고개를 끄덕이는 도진도 아저씨의 얼굴이 쓸쓸해 보였다.

나는 나도희에게 다가갔다.

"나, 돌아가게 되었어. 네 아이디 알려줘. 편지 써줄게."

"진짜?"

좋아할 줄 알았던 나도희 표정이 야릇했다. 곧 나도희 눈이 핏빛으로 물들기 시작했다. 핏빛의 눈과 마주치자 갑자기 심장이 퍽! 하고 터지는 듯한 느낌이 들었다. 참을 수 없을 정도로 아팠다. 나는 가슴을 부여잡고 한참 있었다. 얼마가 지나자 통증이 점차 사라졌다.

나도희는 편지에 쓸 내용을 천천히 말했다.

늘 노래로 행복을 주고 싶었는데 그러지 못해서 미안하다는 말, 가수와 팬으로 만났지만 항상 가족으로 생각했다는 팬들에 대한 애절한 사랑 고백이었다. 금정호에 대한 말도 했다. 가사는 금정호가 썼다는 진실을 말할 때 나도희 목소리에서는 또 바짝 마른 나뭇잎 바스러지는 소리가 들렸다.

"미워하지 말라는 말은 안 써도 돼?"

나도희는 대답하지 않았다.

나는 멍하니 앉아 있는 나도희를 바라보며 조금만 참았더라면 어땠을까 생각했다. 도진도 아저씨 같은 작곡가도 마지막 순간에 나도희를 떠올리며 곡을 선물하는데 말이다. 불안해하지 않아도 되었을 텐데, 매일 아침마다 마법의 상상을 하며 하고 싶은 노래만 실컷 해도 좋았을 텐데. 나도희가 두고 온 시간들이 마치 내 시간처럼 아깝게 느껴졌다.

"미워하지 말라는 말은 안 쓴다. 누구도 너를 미워하지 않을 테니까."

"그럴까?"

나도희가 물었다.

"친구들이 왕싸가지 네 모습은 미워해도, 노래로 너를 좋아하는 팬들은 절대 너를 미워하지 않아."

"내가 왕싸가지였어?"

"몰랐니?"

나도희가 피식 웃었다.

"네가 모르는 사람들 중에도 너를 좋아하는 사람들이 많았나 봐."

나는 나도희에게 도진도 아저씨가 어떤 사람인지 알려주며 팬카페에 새로 쓴 곡을 보내놨다고 말했다. 나도희는 믿을 수 없다는 듯한 표정을 지었다.

"그것뿐인 줄 알아? 너를 나하고 같이 엮어서 돌려보내고 싶었대."

"그게 가능해?"

"불가능하지. 하지만 그런 생각을 했다는 것 자체

만으로도 너를 좋아하는 사람들이 많다는 증거야."

나도희는 천천히 고개를 끄덕였다. 표정이 조금은 편안해진 것 같았다. 지금 알게 된 것을 살았을 때 알았더라면 얼마나 좋았을까, 또 그런 생각이 들었다.

"언제 가?"

"곧. 10차 오디션이 끝나고."

나는 말을 하다 정신이 번쩍 들었다.

"나, 어떻게 해야 오디션에 합격하는지 알아. 내가 내 심사위원을 울렸거든."

"진짜? 뭘 해야 합격할 수 있어? 나 진짜로 추운 거 못 참겠어. 수많은 세월 동안 그 추위를 고스란히 견뎌야 한다고 생각하면 너무 힘들어. 우울하고."

나도희가 내게로 바짝 다가앉았다.

"네가 세상에 남기고 온 시간 있지? 온전히 네 거로 쓰라고 마천이 만들어줬던 그 시간 말이야. 네가 죽지 않았다면 너는 그 시간 안에서 무엇을 할 수 있었을까? 네가 하고 싶은 랩 실컷 하고 팬들하고 서로 소통하고, 그런 걸 하고 싶었겠지?"

"응."

"그런데 그 시간이 사라져버렸어. 너는 더 이상 네가 좋아하는 일을 할 수 없는 거야. 얼마나 슬픈 일이니?"

나도희는 내 말을 들으며 고개를 연신 끄덕였다.

"네가 하고 싶었던 이야기들, 이제는 물거품으로 꺼져버린 너의 미래에 대해 이야기하는 거야. 가사를 만들어서 랩으로 해도 좋고.”

“이제 더 이상 노래를 부를 수 없다고 생각하니까 갑자기 슬퍼져.”

나도희가 두 손으로 얼굴을 가렸다. 곧 마른 울음소리가 들렸다.

“곧 마지막 10차 오디션을 시작하겠다.”

사비가 소리쳤다.

“다른 사람들에게도 이 사실을 알려야겠어.”

나는 자리를 털고 일어났다.

그때였다. 사비가 나에게 다가왔다.

“나일호, 돌아갈 때의 주의 사항을 들어야 하니까 따라오렴. 오디션이 끝나기 직전에 시간을 잘 맞춰 떠나야 해.”

“잠시만요.”

나는 나도희를 바라봤다. 그리고 눈으로 말했다. 걱정하지 마, 편지 잘 써줄게. 너는 꼭 오디션에 합격해서 저쪽 세상으로 무사히 가라. 그러면 먼 훗날 내가 오십팔 년을 다 살아내고 나서 그 세상에 갔을 때, 우린 다시 만날 수도 있을 거야.

내가 눈으로 무슨 말을 하는지 나도희도 알아듣는 듯했다. 조용히 고개를 끄덕였다.

“다른 사람들에게도 오디션 보는 방법 알려줘.”

나는 사비를 따라가며 입 모양으로 말했다. 나도희가 엄지와 검지로 동그라미를 만들어 보였다.

마천은 나무둥치 안에서 기다리고 있었다.

"오는 길이 험했던 것처럼 가는 길 또한 그럴 거다. 아니, 올 때보다 갈 때가 더 험할 수도 있지. 혼자서 가는 거니까. 내 말을 잘 들어라. 걸어가면서 절대로 뒤돌아보지 마라. 몇 날 며칠을 걸어도 앞만 보고 걸어라. 네가 세상에 발을 딛는 순간, 어느 공간일지는 확실히 잘 모르겠다. 네 방 침대일 수도 있고, 병원일 수도 있고, 또 다른 곳일 수도 있다."

"예."

어떤 장소인지는 아무 상관없다.

"부디 너에게 남아 있는 그 시간을 행복하게 보내라. 오늘이 힘들다고 해서 내일도 힘들지는 않다. 오늘이 불행하다고 해서 내일까지 불행하지는 않다. 나는 사람들이 세상에 나가 보낼 시간들을 공평하게 만들었다. 견디고 또 즐기면서 살아라."

마천이 손을 내밀었다. 마천의 손은 두껍고 힘이 있었다.

"사비, 저쪽에서 이 아이를 데리고 기다리다가 오디션이 끝나는 즉시 출발시키도록 해라. 자, 잘 가라."

나는 마천에게 허리를 굽혀 인사하고 나무둥치에서 나왔다. 나도희가 황명식 아저씨와 진주구슬과 이야기하고 있는 게 보였다. 곧 오디션을 시작할 텐데 그 전까지 부디 다 오디션 합격 방법을 알 수 있기를! 나는 마음속으로 간절히 빌었다.

"잠깐만."

자리를 옮기기 전, 이수종이 다가왔다.

"돌아간다면서?"

"예."

이수종은 시계를 내게 내밀었다.

"여기에 와서 곰곰이 생각해봤다. 내가 왜 하필 마지막에 그 많고 많은 시계 중에서 이 시계를 찼을까? 그날 스스로 죽음을 선택하기로 마음먹고 집에서 나올 때, 나도 모르게 이 시계를 집어 들었거든. 이제야 비로소 그 답을 알아냈어. 내가 가진 많은 것 중에서 진심으로 기쁘게 산 건 바로 이 시계뿐이었지. 직접 이 시계를 선택하고 샀던 그날처럼 내게 주어진 모든 것들을 직접 고민하고 선택하며 진지하게 살았더라면 내 시간은 어떻게 달라졌을까? 나는 노래를 하고 싶었지. 그러면 정말 행복할 거 같았거든. 그래서 노래를 부르게 되었지만, 차츰 다른 곳으로 눈을 돌리고 말았어. 호화스럽게 사는 것에 푹 빠져 내가 어떻게 살고 싶었는지조차 다 잊고 말았다. 그걸 이 지경이 되어서야 깨달았다. 자, 이 시계, 이제 나보다는 너에게 더 필요한 물건인 거 같구나. 삶이 시시하다고 여겨질 때, 뭐 이런 개 같은 삶이 다 있나 짜증이 밀려올 때, 이 시계를 보고 마음을 다지렴. 꼭 네게 남은 시간들을 잘 쓰길 진심으로 바란다."

나는 시계를 받으며 이수종의 눈을 바라봤다. 핏빛으로 변해가는 눈이 나를 향해 웃고 있었다.

"고맙습니다."

나는 진심으로 말했다.

사비가 나를 데리고 간 곳은 사방이 캄캄한 곳이었다. 사람들이 보이지도 않았고, 소리도 들리지 않았다. 얼마의 시간이 지나자 사비가 잡고 있던 내 손을 놓았다.

"오디션은 끝났다. 잘 가라. 절대 뒤돌아보지 말고."

오디션은 어떻게 되었을까? 다들 합격했을까? 나는 사비에게 물어봤지만 사비는 비밀이라고 단호하게 말했다.

"절대 뒤돌아보지 마라. 그리고 그 길고 긴 길이 끝나 세상으로 발을 딛는 순간, 너는 이곳에서의 기억을 까마득하게 잊을 것이다."

뭐라고요? 나는 뒤를 돌아볼 뻔했다.

한참을 멍청하게 서 있었다. 세상에 돌아가도 여기에 있는 사람들을 위해 해줄 수 있는 것은 아무것도 없었다. 미안했다. 나는 손목에서 반짝이고 있는 이 수종의 시계를 바라봤다. 기억을 다 잊은 후 이 시계를 보면 무슨 생각을 할까. 문득문득 꿈처럼 여기서 보낸 일들이 생각날까.

나는 한참 동안 발걸음을 떼지 못했다.

'일단 일주를 꼭 안아주어야지.'

나는 결심하며 첫발을 뗐다.

앞만 보고 걸었다. 어둠이 끝없이 이어졌다. 차가운 바람이 불고 뒤에서 이상한 소리가 들려도 절대 뒤돌아보지 않았다. 몇 날 며칠을 걸었을까. 어둠 속을 벗어나자 저 멀리 일렁이는 강이 보였다. 자신들에게 주어진 삶을 다 살고 난 후 죽음을 맞이한 사람들이 가는 길 같았다. 그곳을 향해 걸어가는 사람들의 모습도 간간이 보였다.

"잠깐."

누군가 내 앞을 가로막고 섰다. 섬뜩할 정도로 창백한 얼굴에 날카로운 눈 그리고 유난히 뾰족한 턱을 가진 남자였다.

"우리 거래할까? 절대 손해 보지 않는 거래야."

남자의 목소리는 쉰 듯 거칠었다.

"너, 갑자기 죽었지? 세상에 두고 온, 마무리 짓지 못한 일 때문에 괴롭지?"

나에 대해 어떻게 저렇게 잘 알고 있는지 신통방통했다.

"저에 대해 어떻게 그렇게도 잘 아세요? 누구신지 여쭤봐도 되나요?"

"나는 영원히 죽지 않는 불사조를 꿈꾸는 여우, 무호라고 한다. 천 명의 식지 않은 뜨거운 피를 마시면 영원한 삶을 얻을 수 있다는 이야기가 있지. 나에게 피 한 모금만 다오. 저 강을 건너기 전에는 완전히 죽은 게 아니기 때문에 피가 아직 식지 않았거든. 물론 공짜는 아니다. 나에게 피 한 모금을 주면, 너를 사십구 일 동안 네가 살던 세상에서 더 살 수 있게 해주겠다. 미처 마무리 짓지 못했던 일을 사십구 일 동안 마무리하렴. 어때, 괜찮은 거래지?"

무호는 날카로운 눈을 최대한 부드럽게 만들려고 노력하는 게 보였다.

"저는 사십구 일 동안 더 사는 게 아니라 오십팔 년 동안 더 살 건데요. 스스로 목숨을 버린 사람으로 몰렸다가 오해가 풀려서 집으로 돌아가는 길이거든요."

"스스로 목숨을 버린 사람?"

무호가 얼굴을 찡그렸다.

"불사조를 꿈꾸는 여우 중에 서호라는 여우가 있었지. 우리 사이에는 전설처럼 불리던 여우였어. 구백구십구 명의 뜨거운 피를 마셨고, 곧 불사조가 되는 날을 눈앞에 두었거든. 과연 천 명의 뜨거운 피를 마시면 불사조가 될 수 있는 건지, 서호는 불사조를 꿈꾸는 여우들의 관심을 한 몸에 받았지. 하지만 그는 결국 죽고 말았어. 우리가 절대 마셔서는 안 되는, 스스로 죽음을 선택한 사람의 피를 마셨던 거야. 그러는 바람에 천 명의 피를 마시면 불사조가 될 수 있는 건지 아닌지 확실한 것을 알 수 없게 되었지. 나는 현재까지 구백구십칠 명의 피를 마셨다. 이제 세 명의 피만 더 마시면 천 명이 되지. 불사조가 될 수 있을지 아니면 그것이 그저 전설에 불과한지 곧 알게 된단다. 이 중요한 순간에 잘못해서 서호처럼 될 뻔했네. 아무튼 오해가 풀렸다니 다행이구나. 오십팔 년 후에 너는 나와 같은 여우를 다시 만날 수도 있다. 그때 웬만하면 거래 좀 해줘라. 어서 가봐라."

말을 마친 무호는 바람처럼 사라졌다.

저만치에 동굴처럼 환한 빛이 보였다. 나는 다시 그곳을 향해 부지런히 걸었다.

작가의 말

누구나 짊어지고 사는 자신만의 짐이 있다. 그리고 누구나 자신이 짊어진 짐이 가장 무겁다고 말한다. 왜 하필 나에게만 이런 무거운 짐을 지게 했느냐고 원망하며 탓하기도 한다.

하지만 살다보면 그 무거운 짐이 희망이 된다는 걸 알게 된다. 짐이 없어 어깨가 가뿐하다면 좀 더 자유롭게 날아다닐 수 있는지 몰라도 내게 주어지는 시간을 견고하게 다지는 진지함은 잊고 살 수도 있다. 그 진지함은 삶을 대하는 태도가 된다. 희망은 어둠을 뚫고 나올 때 더 아름다운 빛을 낸다.

시간은 허투루 주어지지 않는다. 시간은 누구에게나 평등하다. 그리고 나에게 주어진 시간들은 이유가 있다.

우린 누구나 이정표 없는 삶을 살고 있다. 이정표라고 믿었던 것이 어느 순간 이정표가 아닌 걸 알게 되고 결국은 내가 이정표를 만들어가야 한다는 걸 깨닫는다.

그래도 삶의 규칙은 있다. 영원히 지속되는 오르막은 없고 끝나지 않는 내리막도 없다. 평평한 길만 계속 된다면 재미없고 길을 걷는 것에 흥미를 잃을 것이다. 그래서 신은 사람의 삶에 오르막과 내리막을 만들었을 것이다.

괜찮다.
내가 원하는 삶을 만들어도.
왜냐하면 내 삶의 주인은 나니까.
내 삶의 이정표는 내가 만드는 것이니까.

오디오북 '윌라'에서 『구미호 식당』과 『구미호 식당 2, 저세상 오디션』이 많은 사랑을 받고 있다. 이 책이 삶이라는 길을 걷고 있는 모든 이에게 작은 응원이 되길 바란다.

박현숙

저세상 오디션

초판 1쇄 발행일 | 2021년 5월 20일
초판 2쇄 발행일 | 2022년 5월 10일

지은이 | 박현숙
펴낸이 | 사태희
편집인 | 최민혜
디자인 | 권수정
마케팅 | 장민영
제작인 | 이승욱 이대성

펴낸곳 | (주)특별한서재
출판등록 | 제2018-000085호
주 소 | 04037 서울시 마포구 양화로 59, 화승리버스텔 703호
전 화 | 02-3273-7878
팩 스 | 0505-832-0042
e-mail | specialbooks@naver.com
ISBN | 979-11-6703-013-9 (03810)